Verborgene Freud

SAMIR MASSEY

VERBORGENE FREUDEN

First edition. January 21, 2024.

Copyright © 2024 SAMIR MASSEY.

ISBN: 979-8224663767

Written by SAMIR MASSEY.

Inhaltsverzeichnis

Kapitel 1
Vorwort und Präsentationen

BEVOR ICH MIT DIESER Geschichte beginne, muss ich meiner Meinung nach ein paar Einleitungen machen und die Geschichte in ihren Kontext stellen.

Julia

Ich hatte Gelegenheit, es in der Einleitung zur Geschichte „48 Stunden" ausführlich vorzustellen. Ich werde nur wiederholen, was ich im Rahmen der Herausforderung, die sie mir gestellt hat, über sie geschrieben habe.

Ich hatte auf einer Website, die ausschließlich erotische Geschichten veröffentlichte, Texte gelesen, die sie unter dem Pseudonym Pyjamanoir geschrieben hatte. Sie beschwor, ohne Tabus, ein Herrschaftsverhältnis/ Unterwerfung, die sie mit ihrem Begleiter pflegte, eine gewisse...

Julia.

Obwohl ich damals eine befreite Frau war, die es wagte, einige ihrer Fantasien in die Tat umzusetzen, verspürte ich keine Versuchung, mich zu unterwerfen.

Aber Juliettes Texte – gut geschrieben – und vielleicht auch die Tatsache, dass einer der beiden Protagonisten den gleichen Vornamen hat wie ich, haben bei mir etwas mehr als nur Interesse geweckt. Eine Art Aufregung.

Ich verspürte das Bedürfnis, mit der Autorin zu sprechen, und schickte ihr über die betreffende Website eine Nachricht, um ihr mitzuteilen, dass ich ihre Geschichten und ihren Stil schätze und dass mir das Homonym mit ihrer Heldin zusagte. Ich hatte Bedenken. Es folgte ein Austausch über das Internet, auf den ich hier nicht näher eingehen möchte.

Im Laufe dieser E-Mails nahmen unsere Gespräche eine immer vertraulichere Wendung. Vor allem, weil Juliette bi ist, genau wie ich. Wir sprachen sehr offen über unser Sexualleben und unsere Fantasien, und sie erzählte mir ausführlich von ihrer Beziehung zu Juliette – die sie, um Verwirrung zu vermeiden, „ihre Juliette" nannte.

Seltsamerweise gelang es mir, mich mit dieser anderen Juliette zu identifizieren, als ich las, was Juliette schrieb, und ich verspürte den vagen Wunsch, die Freude zu erfahren, die sie offensichtlich an dieser Beziehung empfand.

Ich öffnete mich Juliette gegenüber, zunächst auf Umwegen, dann immer offener, bis schließlich von ihn fragen (ICH haben Scham Wann ich bin dort Denk nochmal) Wenn Sie würde akzeptieren von weihe mich ein„virtuell" bei der Einreichung. Zweifellos eine Vorstellung von einer intellektuellen Frau, die sich etwas zu sehr auf Sex konzentriert ... Von diesem Tag an begann Juliette, mir Befehle zu erteilen und mir eine bestimmte Anzahl von Gesten aufzuzwingen Und von Einstellungen. Wir war zu viel entfernt geografisch gesehen, um uns zu treffen, aber wir führten heiße Chats im Internet, um dieser Beziehung mehr Realität zu verleihen, und

„Die andere" Juliette nahm manchmal an unseren Spielen teil.

Diese Spiele wurden zu Herausforderungen, die mich immer weiter in die Unterwerfung drängten, und Juliette nutzte und missbrauchte oft meine exhibitionistische Neigung. Wir vertauschten manchmal die Rollen und ich war Juliettes „Geliebte", aber ich gebe zu, dass ich weniger talentiert war als sie.

Wer beide Versionen von „48 Hours" gelesen hat (jeder von uns hat sich der gleichen Herausforderung gestellt), weiß, wie weit uns diese Spiele bringen können ...

Julia

Juliettes Begleiterin. Sie ist oft die Heldin der vielen Geschichten, die ihre „Herrin" hier veröffentlicht.

„Julias Strafe" (deren Lektüre ich Ihnen empfehle) ist der Ausgangspunkt dieses neuen Textes. Ich erscheine dort, ohne dass Juliette mich ausdrücklich erwähnt hätte. Ich wollte meine Version dieses Abends abgeben, die mich dazu brachte, auf harten SM umzusteigen.

Yvette

Nachbarin und Freundin von Juliette. Juliette ist wiederum seit mehreren Jahren ihren extremsten Anforderungen ausgesetzt.

Der Sexualität und Fantasie dieser Frau sind keine Grenzen gesetzt und sie führt ihre Besucher in die schlimmsten Orgien.

Kapitel 2

ALLES BEGANN MIT EINER E-Mail, die an einem Montag in meiner Voicemail eintraf. Der Absender – eine gewisse Yvette – war mir unbekannt und ich zögerte, es zu öffnen. Es sei denn... Was wäre, wenn es Juliettes Freundin wäre? Mit einem Klick wurde ich repariert.

„Hallo Juliette.

Juliette hat mich dazu gebracht, die Geschichten zu lesen, die Sie auf Sexecom veröffentlichen, und die Nachrichten, die Sie im Internet austauschen. Ich habe die Gelegenheit genutzt und mir Ihre E-Mail-Adresse notiert.

Ich habe einen Vorschlag für Sie.

Ich weiß, wie sehr du Sex liebst und wie Juliette es wusste, dich auf den Weg der Unterwerfung zu führen. Du hast auch eine Vorliebe für SM, wenn ich einigen deiner Geschichten Glauben schenken darf. „A Hellish Night" verrät sehr, was Sie akzeptieren oder, wenn Sie einige Fantasien einbezogen haben, was Sie bereit sind, mehr oder weniger bewusst zu akzeptieren.

Wenn Sie mir vertrauen, sende ich Ihnen eine Telefonnummer, die Sie in meinem Namen anrufen.

Anschließend werden Sie zu einer Party eingeladen, an die Sie sich noch lange erinnern werden. Und um Sie zu motivieren, a

Niemand, von dem Sie träumen, dass Sie ihn treffen, wird teilnehmen.

Ich warte auf deine Antwort. Yvette »

Ich blieb lange im Zweifel. Ich kannte Yvettes Ruf aus dem, was Juliette mir darüber erzählt hatte. Ich hatte allen Grund, mich vor dem Abend zu fürchten, den sie mir bot.

Aber meine unverbesserliche Neugier reizte mich gefährlich ...

Und dann war da noch dieser letzte, kryptische Satz. Wer könnte der andere Teilnehmer – oder Teilnehmer – an diesem Abend sein? Julia? Es war unwahrscheinlich, denn sie hätte mich wahrscheinlich selbst eingeladen ...

Mehr als eine Stunde lang dachte ich nach und zögerte. Ich konnte mich nicht auf meine Arbeit konzentrieren. Meine Ängste kamen mir immer lächerlicher vor. Schließlich war ich erwachsen und wusste immer, wie ich aus der Gefahr herauskommen sollte, wenn ich jemals in Gefahr geriet.

Auch wenn ich es mir selbst nicht eingestand, drängte mich die Tatsache, dass die Einladung von dieser Yvette kam, von der Juliette ein schwefelhaltiges Bild für mich gemalt hatte, anzunehmen und Juliette ebenbürtig zu sein.

Also entschied ich mich und antwortete knapp.

„Hallo Yvette. Ich akzeptiere Ihren Vorschlag. Julia »

Wenige Minuten später erreichte mich eine neue, ebenso lakonische Nachricht von Yvette. Nur ein Vorname, unwahrscheinlich – Laury – und eine Handynummer, um sie abends anzurufen.

Kapitel 3

DER TAG KAM MIR LANG vor und ich dachte immer wieder an diesen E-Mail-Austausch, den ich mehrmals noch einmal las. Wer könnte diese Laury sein? Welche Verbindungen hatte er zu Juliette? Und warum hatte Yvette, deren Ruf mir Sorgen bereitete, mich kontaktiert?

Nach dem Unterricht ging ich nach Hause, fuhr Trübsal und spielte mit meinem Smartphone herum. Ich zögerte immer noch. Dann erschien 19:00 Uhr auf dem Bildschirm. Es hieß jetzt oder nie ... Ich wählte Laurys Nummer, die beim dritten Klingeln abnahm.

- Hallo, Laury? Guten Abend. Hier ist Juliette, ich rufe im Namen von Yvette an.

- Guten Abend Juliette. Ich habe auf deinen Anruf gewartet.

Die Stimme war heiser, aber nicht unangenehm, erfüllt von einer gewissen Sinnlichkeit. Der Ton war kurz und autoritär. Ich konnte mir die Frau, mit der ich sprach, nicht vorstellen.

- Yvette hat mir von einem Abend bei dir erzählt, aber viel mehr hat sie mir nicht erzählt.

- Ich denke, sie hat Ihnen genug erzählt, sodass Sie den Charakter dieses Abends erraten können. Und Yvette hat mir viel über dich erzählt, insbesondere über deine Sexualität und deinen Geschmack zur Einreichung. Sie dachte, Sie wären der perfekte Gast bei unseren nächsten Spielen, an denen jemand, den Sie kennen, sehr ... aktiv teilnehmen würde, und ich vertraue ihr voll und ganz.

- „Vielleicht können Sie mir eine Vorstellung davon geben, wie es sich entwickeln wird", sagte ich mit einer Stimme, die so schüchtern war, dass es sogar mich überraschte.

- Abgesehen von der Tatsache, dass Sie eine Erfahrung der Unterwerfung und Ausstellung machen werden, die alles, was Sie bisher gekannt haben, übertreffen wird – und ich weiß, dass Sie kein Neuling sind – werde ich Ihnen nicht mehr erzählen. Ich werde Ihnen nicht beibringen, dass Unsicherheit und Überraschung Teil dieser Spiele sind.

- Aber... wenn das, was ich ertragen muss, mehr ist, als ich ertragen kann...

- Wir werden uns auf ein Wort einigen, das Sie in diesem Fall sagen werden, um uns unmissverständlich zum Anhalten aufzufordern. Aber wissen Sie, dass Sie in diesem Fall sofort von diesem Abend ausgeschlossen werden und den Zorn von Yvette (wahrscheinlich auch von Juliette) auf sich ziehen werden. Ist das klar, Juliette?

- Ähm... ja, Laury.

- GUT. Eine letzte Klarstellung: Unser Abend findet in einer Stadt an der Spitze der Bretagne statt. Sie werden eine lange Reise machen müssen. Nehmen Sie diese Einladung an?

- Gibst du mir etwas Zeit zum Nachdenken?
- NEIN. Du musst mir Ja oder Nein sagen. Sofort.

Ich war in Panik. Aus meiner engen Kehle kam kein Laut. Ich hatte noch nie das Gefühl, mich mit einem einfachen Ja in Gefahr zu bringen. Aber ich riss mich zusammen ... Es gab dieses Wort, das es mir ermöglichen würde, alles zu stoppen, wenn Laury und ihre Freunde die

Grenze überschreiten würden. Warum also nicht noch einmal meine Neugier befriedigen?

- „Ja", antwortete ich, nachdem ich lange gebraucht hatte

Inspiration.

- „Perfekt", sagte Laury, ohne irgendwelche Emotionen zu zeigen. Unsere Party findet nächsten Samstag statt und Sie müssen pünktlich um 23 Uhr bei uns zu Hause eintreffen. Ich sende Ihnen per E-Mail unsere Adresse und meine Anweisungen. Guten Abend Juliette.

- Guten Abend Laury...

Ich hatte keine Zeit, seinen Namen zu Ende auszusprechen. Sie hatte bereits aufgelegt.

Ich blieb fassungslos. Mir war gerade aufgefallen, dass ich während des gesamten Gesprächs Laury angesprochen hatte, während sie mich informell ansprach. Das war mir noch nie passiert. Ich habe mich bereits in eine Position der Unterwerfung versetzt.

Eine Stunde später traf eine E-Mail in meinem Posteingang ein.

Die Adresse, zu der ich gehen musste, war fast vier Autostunden von meinem Haus entfernt, und Laury riet mir, dort ein Zimmer zu nehmen.

Der Rest der Nachricht drehte sich um mein Outfit. Ich muss ein kurzes Kleid tragen, das vorne zugeknöpft ist. Ich lasse die oberen Knöpfe bis unter meine Brüste und die unteren bis zu meiner Muschi offen. Darunter werde ich nackt sein, mit einer blauen Rosenknospe (woher wusste sie, dass ich eine habe?) zwischen meinem Gesäß.

In diesem Outfit werde ich mein Zimmer verlassen müssen
... Schließlich bat mich Laury darum

teile mir die Adresse meines Zimmers mit, sobald ich mich daran erinnert habe.

Sofort machte ich mich auf die Suche nach einem Zimmer oder Studio zur Miete auf Airbnb. Aus Diskretion habe ich diese Lösung einem Hotelzimmer vorgezogen.

Noch am selben Abend gab ich Laury die Adresse, die mich bat, ihn bei meiner Ankunft anzurufen, um meine Anwesenheit zu bestätigen. Beobachten Sie Ihre Talente als Organisator half mir, mich zu beruhigen.

Kapitel 4

IN DER FOLGENDEN WOCHE versuchte ich mehrmals, Juliette per E-Mail zu kontaktieren und sie zu fragen, ob sie mir etwas über diesen Abend erzählen könne. Beruhige mich wenigstens. Aber alle meine Nachrichten blieben unbeantwortet.

Endlich war der gefürchtete Samstag da und ich machte mich auf den Weg zur Spitze der Bretagne, wobei ich in meinem Auto das von Laury verlangte Kleid und den Analschmuck mitnahm. Ansonsten war mein Gepäck leicht: Wechselkleidung, ein Kulturbeutel ...

Am späten Nachmittag an meinem Ziel angekommen, richtete ich mich in meinem kleinen Atelier ein, in dem ich letztendlich nur ein paar Stunden verbrachte. Wie vereinbart rief ich Laury an.

- Guten Abend, Laury. Es ist Juliette. Ich kam wohlbehalten in der von mir gemieteten Wohnung an.

- Perfekt, du scheinst sehr gehorsam zu sein. Ein guter Punkt für dich, Juliette. Ein mir bekanntes Taxi holt Sie um 22:30 Uhr ab. Erinnern Sie sich, welches Outfit Sie tragen sollten?

- Ja, Laury. Ein vorne zugeknöpftes Kleid, ein Schmuckstück

anal...

- In Ordnung. Nutzen Sie die Zeit, die Ihnen noch bleibt, um zu Abend zu essen und Kraft zu tanken. Du wirst es brauchen!

So kurz und verbindlich wie immer, hatte Laury bereits aufgelegt, und ich machte mich auf die Suche nach einem Restaurant.

Ich habe einen gefunden, ein paar hundert Meter entfernt. Das Wetter war schön und die Temperatur angenehm. Ich nutzte die Gelegenheit, auf der Terrasse zu essen. Ein gemischter Salat, ein Dessert. Ich trank Wasser, weil ich meinen Kopf klar halten wollte und Angst hatte, dass es ein betrunkener Abend werden würde.

Ich war vor 21 Uhr wieder zu Hause und hatte noch genügend Zeit, mich fertig zu machen.

Ich zog mich vor dem großen Badezimmerspiegel aus und betrachtete meinen nackten Körper. Ich konnte nicht umhin zu fürchten, was die Gäste dieser Party mit ihm machen würden. Ich hatte die Ferien in der Sonne verbracht und konnte die meiste Zeit eine satte Bräune bekommen. Nur die Markierung eines sehr kleinen Tangas konnte ein aufmerksames Auge erkennen, und selbst dann.

Ich duschte und seifte mich lange Zeit mit einem duftenden Gel ein. Ich habe meine kurzen Haare zu einem unordentlichen Stil gekämmt, um mir ein wilderes Aussehen zu verleihen, und ich habe Make-up aufgetragen. Ein stärkeres Make-up als gewöhnlich. Vor allem meine Augen und mein Mund. Eine Creme, um die Haut an meinem Körper etwas weicher zu machen. Und zum Schluss ein berauschender und sinnlicher Duft.

Ich ließ meine Finger zwischen meine Gesäßbacken gleiten, nachdem ich sie mit Speichel bedeckt hatte. Mit der Kuppe meines Zeigefingers massierte ich sanft meine kleine dunkle Nelke, bis sie sich entspannte. Die Spitze meines Fingers drückte meine Rosette und glitt hinein, bald gefolgt von meinem Mittelfinger. Ich hielt mich zurück, um nicht selbst zum Abspritzen zu kommen, und steckte mein Analjuwel in mein kleines Loch.

Dann ziehe ich mein enges, ecrufarbenes Leinenkleid an

Befolgen Sie Laurys Anweisungen gewissenhaft. Die offenen Knöpfe zeigten meine freien Brüste und meine glatte Muschi, als ich mich hinsetzte. Zum Glück war ich nicht im Hotel: Ich stellte mir vor, welche Wirkung es hätte, wenn ich die Rezeption überquerte ...

Pünktlich um 22:30 Uhr klingelte es an meiner Flurtür. Ich öffnete es und sah mich einem großen, muskulösen schwarzen Mann mit rasiertem Kopf gegenüber. Seine breiten Schultern hielten sein makelloses weißes Hemd hoch.

Er hielt kurz inne und musterte mich von Kopf bis Fuß, und ich glaube, ich wurde rot, so neugierig war sein Blick. Dann sagte er zu mir:

- Julia? Guten Abend, es war Laury, die mich gebeten hat, dich abzuholen.

- Ja, ich bin es, guten Abend.

- Folgen Sie mir.

Er war kaum gesprächiger als die Frau, die mich eingeladen hatte, und die Reise verlief schweigend. Das Auto, eine schwarze Audi-Limousine, war bequem, und wir verließen die Stadt über eine Straße, die manchmal am Meer entlangführte.

Dann parkte mein schweigsamer Fahrer vor einem großen alten Bürgerhaus, das auf einem Hügel gebaut war. Er stieg aus, öffnete meine Tür und sah zu, wie ich ausstieg, ohne erkennbare Reaktion auf mein Kleid, das über meinen Brüsten und meinen nackten Schenkeln klaffte.

Ich ging eine kurze Auffahrt hinunter, die mich zu einer imposanten hölzernen Eingangstür führte. Ich klingelte und ein paar Sekunden später begrüßte mich Laury.

Sie war eine sehr schöne Frau, wahrscheinlich etwa fünfzig Jahre alt – ich hatte erwartet, jemanden zu finden, der jünger ist. Sie war blond, trug einen dicken Dutt, der an langes, dichtes Haar erinnerte, und schien kaum größer zu sein

Mich. Seine blauen Augen hinter der großen Brille funkelten mit einem Ausdruck, der ohne Übergang von der schlimmsten Strenge zur aufregendsten Sinnlichkeit überging. Ihr Make-up betonte einen üppigen Mund.

Sie trug einen sehr engen burgunderfarbenen Anzug, der ihre vollen Formen betonte. Sie war sehr rund, aber sie trug ihre Kurven gut zur Geltung, und die Jacke ließ die Geburt einer imposanten Brust erkennen. Mit ihren schwarzen Strümpfen und ihren Stiletto-Absätzen war sie das typische Porträt der dominanten Frau der Oberschicht.

- „Guten Abend, Juliette", sagte sie. Sie sind pünktlich und nach meinen Anweisungen gekleidet ... Ihre Fügsamkeit wird Ihnen vielleicht unnötiges Leid ersparen.

Während sie sprach, hatte Laury meine Brüste entblößt und mein Kleid hochgekrempelt, um zu überprüfen, ob ich darunter nackt war und ob ich meinen Analschmuck trug.

- Guten Abend Laury, ich habe einfach geantwortet.

- Ich begleite Sie in das große Wohnzimmer, in dem unser Abend stattfinden wird, und stelle Ihnen unsere anderen Gäste vor. Nun ja, nicht alle, denn die Person, die Sie kennen, ist noch nicht angekommen. Aber schon jetzt werde ich dein Outfit ein wenig vervollständigen.

Von einem niedrigen Möbelstück nahm sie ein rotes Lederhalsband, das sie mir um den Hals band und an dem eine kurze Leine hing. Ich verstand, dass ich gerade in meine Rolle als unterwürfiges und sexuelles Objekt eingetreten war; Scham und Angst überwältigten mich von diesem Moment an.

Laury packte die Leine und zog mich zu einer Doppeltür, um in einen riesigen Raum mit weißen Wänden und hell gestrichenen Balken zu gelangen. Der Raum war so groß, dass die Kronleuchter nicht ausreichten, um ihn zu beleuchten, und es waren Scheinwerfer installiert worden.

Die Einrichtung war einfach, aber drei große Sofas und ein riesiger Holztisch standen darauf

Mitte des Raumes, und ein riesiger Bildschirm nahm einen Teil der Wand ein. Aber was mir sofort ins Auge fiel, war ein großes hölzernes Andreaskreuz, das nicht weit von den Sofas entfernt stand.

- „Darf ich Ihnen Maxime, meinen Mann, vorstellen", sagte Laury in feierlichem Ton.

Ich war überrascht von der Erscheinung des Mannes, der älter zu sein schien als sie. Etwa sechzig. Dichtes graues Haar, ein weißer Bart. Er trug einen dunklen Anzug und lief um die riesige Leinwand herum, offensichtlich auf der Suche nach einer Verbindung.

Drei Männer, die auf den Sofas saßen, starrten mich an.

- Juliette, unsere kleine unterwürfige Schlampe für diesen Abend, fügte Laury hinzu, um mich dem Trio vorzustellen. Yvette hat sie mir wärmstens empfohlen und dieses Mädchen verbrachte fast vier Stunden im Auto, um dominiert und wie eine Hure gefickt zu werden.

Die drei Männer waren viel jünger. Wahrscheinlich in meinen Dreißigern, so wie ich. Vielleicht weniger.

Im ersten Moment erkannte ich den Fahrer, der mich hierher gebracht hatte. Der zweite, blonde, schien weniger athletisch zu sein als der Schwarze – aber das war keineswegs ein Hinweis auf seine sexuelle Leistungsfähigkeit – und auch er trug schwarze Hosen und ein weißes Hemd. Der letzte hatte einen beeindruckenden Körperbau und eine beeindruckende Muskulatur, war in ein weißes Poloshirt gegossen und sein langes, schwarzes Haar war zurückgebunden.

Ich muss zugeben, dass mich ihre Männlichkeit nicht gleichgültig ließ, und in keinem anderen Kontext als heute Abend hätte ich ihre Annäherungsversuche auch nicht abgelehnt.

- Und jetzt, Juliette, fuhr Laury fort, wirst du uns das Wort sagen, das du gewählt hast, um uns zu sagen, dass du es bist hört auf, zuzustimmen, und wir müssen damit aufhören. Ich erinnere Sie daran, dass Sie in diesem Fall sofort aus diesem Haus verwiesen und von allen unseren Parteien ausgeschlossen werden.

- *Panik,*Ich antwortete mit leerer Stimme.

- Nun, wir werden uns an dieses Wort erinnern und hoffen, dass wir es nicht hören. Du musst dich noch vorstellen, sagen wir mal... physisch. Zieh dein Kleid aus !

Der Ton war hart und ich fühlte mich wieder wie ein kleines Mädchen. Schade für einen Lehrer! Ich begann langsam die wenigen Knöpfe zu öffnen, die mein Kleid – wenn auch teilweise – verschlossen. Alle Augen waren auf mich gerichtet, als meine kleinen Brüste im Halogenlicht hervorlugten.

Ich öffnete die Seiten meines Kleides weit, der Stoff glitt langsam an meinen Armen und meinem Körper hinunter und ich fand mich nackt auf meinen Fersen wieder. Die Kommentare begannen zu fließen, und ich fühlte mich wie ein Gefangener auf einem Sklavenmarkt, während Laury mich umdrehte, um lustvollen Blicken alle Facetten meiner Anatomie zu bieten.

- „Sehr aufregend", sagte einer der Männer, „dieses zierliche Mädchen mit ihrem zurückhaltenden Frauenstil." Ich kann es kaum erwarten, sie auf unseren Schwänzen aufgespießt zu sehen.

- Ja, fügt Laury hinzu, man würde auf den ersten Blick nicht sagen, dass sie eine echte Schlampe ist, aber sie sind die Schlimmsten.

- „Ich liebe ihre kleinen Brüste mit ihren empfindlichen Spitzen", kommentierte ein anderer Mann, während er meine Brust knetete. Sie sind sehr standhaft, wir wollen sie foltern.

- Und sie ist schon nass, sagte Laury und zeigte auf ihren vor Nässe glitzernden Finger, den sie gerade zwischen meinen Schenkeln hindurchgeführt hatte.

- „Dieses Analjuwel ist sehr hübsch", sagte derjenige, der mich hierher geführt hatte. Auf dieser Seite wird es bereits etwas erweitert sein. Magst du es, anal gefickt zu werden, Juliette?

- Antworte darauf, beharrte Laury.
- „Ja, es gefällt mir", antwortete ich mit gedämpfter Stimme.
- Stärker! Sagen Sie, dass Sie gerne gefickt werden!
- Ja, ich mag es, gefickt zu werden.

Meine Stimme, die in dem riesigen Raum widerhallte, überraschte sogar mich. Genauso wie die Aufregung, die mich trotz – oder gerade wegen – der Demütigung überkam. Laury nahm wieder meine Leine und führte mich zum Kreuz des Heiligen Andreas.

Sie hob meine Arme und band sie in die Armbänder, die an den oberen Zweigen befestigt waren. Dann waren meine Knöchel an der Reihe. Ich fühlte mich an diesem Abend zerrissen, ausgestellt, wehrlos den Teilnehmern ausgeliefert. Und ich hatte allen Grund zu der Annahme, dass ich für viele Stunden ihr Spielzeug, ihr Sexsklave sein würde.

Laury holte eine kleine kostbare Holzkiste aus einem Möbelstück und öffnete sie vor meinen Augen. Der Inhalt ließ mich schaudern...

Sie nahm die Spitze einer meiner Brüste zwischen ihre Finger, drückte sie und zog daran, bis ich vor Schmerz zusammenzuckte. Dann schloss sie es in eine Edelstahlklemme ein, die mit einer Schraube ausgestattet war, mit der sich der Druck auf meinen spitzen Nippel einstellen ließ. Sie drückte und sehr schnell erreichte der Schmerz die Grenze des Erträglichen, aber ich empfand ein Vergnügen, das ich nur zu gut kannte.

Zum ersten Mal erhellte sich ein kleines zufriedenes Lächeln auf seinem Gesicht, und meine zweite kleine Meise erlitt das gleiche Schicksal.

- „Ich glaube, auch du liebst diese Art von Spielzeug", sagte sie zu mir und nahm ein vibrierendes Ei aus der Schachtel. Stimmt das nicht, Juliette?

- Ja, Laury.
- Sie sehen, ich bin über Ihr Konto gut informiert.

Sie schob ihre Hand zwischen meine Schenkel, öffnete meine Muschi mit ihren Fingerspitzen und präsentierte das Sexspielzeug am Eingang meines Schlitzes. Sie schob es für einige Momente zwischen meine Schamlippen, und als ich ein kleines Stöhnen ausstieß, drückte sie das Ei plötzlich und brutal in meine durchnässte Fotze.

Da klingelte es an der Tür, Laury verließ mich und ging zurück in die Lobby.

Kapitel 5

ICH BLIEB ALLEIN, GEFESSELT, gekreuzigt, vor den vier Männern, die mich nie aus den Augen ließen.

Ich hörte, wie sich die schwere Haustür öffnete, gedämpfte Stimmen, dann das Geräusch näherkommender Schritte. Laury kam zurück, begleitet von zwei anderen Frauen, mit denen sie plauderte, als ob ich nicht existierte.

Der Älteste war ein Rotschopf. Sie trug ein weißes Hemd, das größtenteils tief ausgeschnitten war, über einem grünen Rock. Trotz ihres Alters schien ihr Körper, soweit ich das beurteilen konnte, der eines jungen Mädchens zu sein.

Sie hielt ein anderes Mädchen mit verbundenen Augen am Arm. Definitiv mein Alter. Groß und muskulös, sehr schön, mit langen braunen Haaren. Sein Outfit bestand aus einer langen, offenen Weste und großen Lederstiefeln. Ansonsten war sie nackt. Eine tolle Brust, lange Beine mit sportlichen Oberschenkeln, ein flacher Bauch ... Ich hatte sie noch nie getroffen, aber ihr Körperbau erinnerte mich an jemanden.

- „Hier ist es endlich", sagte Laury. Ist sie nicht verbunden?
- „Dieses Risiko wollte ich nicht eingehen", antwortete der

Rothaarige. Am Samstagabend sind Menschen in der Stadt. Aber ich denke, Sie haben, was Sie brauchen, oder?

- Offensichtlich...

- Perfekt! Juliette gehört ganz dir! Aber sei nett und warte, bis ich nach Hause komme. Ich möchte nichts von der Party verpassen.

- „Wir werden geduldig sein, meine liebe Yvette", antwortete Laurys Ehemann. Wir erwarten Sie, bequem neben Juliette sitzend.

Im Nu verstand ich alles. Die Rothaarige war Yvette, der ich meine Anwesenheit hier verdankte. Und die junge und hübsche Brünette mit verbundenen Augen war niemand anderes als Juliette, meine Namensvetterin, Juliettes Begleiterin. Ich hatte schon einmal Fotos von ihr nackt gesehen, aber ihr Gesicht war auf diesen Fotos verborgen. Sie war also der andere Gast, den ich kannte!

- Apropos ... Warum hast du uns nicht deine hübsche Juliette geschenkt, fragte Maxime. Würden Sie in Egoismus verfallen?

- „Wo bist du mit dem Video", fragte Yvette?

- Starten Sie einfach die Verbindung. Wofür? Yvettes Arm legte sich um Juliettes Taille.

- Ich habe dafür gesorgt, dass Juliette es nicht hörte. Sie war es, die mich fragte, wie ich ihre liebe Juliette auf originelle Weise bestrafen könne. Wenn die Verbindung hergestellt ist, können Sie Ihr Auge ausspülen. Ich habe vor, das Beste aus Juliette zu machen. Sie ist mir gegenüber genauso gehorsam wie Juliette ihr gegenüber. Und eines Tages, das verspreche ich dir, wird sie hier sein. Stattdessen diese schöne kleine Schlampe Juliette.

- „Du verwöhnst uns, mein Schatz", antwortete Laury mit einem kleinen Lachen. Und dieser andere „Gast", den Sie uns geschickt haben, wird zweifellos auch ein königliches Stück für diesen Abend sein.

Yvette drehte sich auf dem Absatz um, ging hinaus, und Laury ging an ihr vorbei

Arm um Juliettes Taille legen.

- Mein Name ist Laury... Es ist ein alter Vorname aus der Bretagne. Du magst ?

- Ja..., antwortete Juliette, und ich hörte den Klang ihrer Stimme, gebrochen vor Angst.

- Es ist charmant Julia. Ich mag eine Menge. Haben Siedurstig ? Natürlich nur Wasser.

- Ja. Danke Laury.

Juliette wurde durch die Augenbinde geblendet und Laury drückte ihr ein schweres Glas Wasser in die Hand.

- Trink alles, mein Lieber! Sie müssen ausreichend Flüssigkeit zu sich nehmen, das ist sicher. Zögern Sie nicht, nach einem Getränk zu fragen. Ich glaube, das wird das einzige Recht sein, das Ihnen gewährt wird ... Ah! Hast du Angst vor Juliette?

Juliette trank das Glas Wasser in einem Zug aus. Ihre Brüste hoben sich im Rhythmus ihres schweren Atems, und der Anblick dieses gedemütigten Mädchens, das Fremden geboten wurde, begann mich zu erregen. Ich habe vergessen, dass ich mich bewusst in die gleiche Situation gebracht hatte ...

- „Ja", antwortete Juliette.
- Also hör auf mit deinem unbeantworteten Ja...
- Ja, ich fürchte...

Laury stellte sich hinter Juliette und legte ihre Hände auf ihre Schultern, die sie sanft durch die Wolle massierte.

- Ich werde Ihnen eine andere Wahl geben. Sie entscheiden sich dafür, mich Laury, Madame oder Herrin zu nennen ... Ich höre Ihnen zu, Juliette.

- Laura.

- GUT ! Vergessen Sie nicht, mich anzusprechen, indem Sie mich so nennen. Oder du wirst es bereuen. Es ist verstanden?

- Ja.
- Ich bin nicht wirklich überzeugt...
- Ja, Laury. Begnadigung...
- „Ich liebe es, dass du um Vergebung bittest", sagte Laury

ein kleines Lachen, bevor es weitergeht.

- Ich weiß, dass du deiner Frau gerne gehorchst. Weißt du, ich weiß sogar, dass du Juliette „deine Frau" nennst. Glaubst du, dass es dir gefallen wird, mir zu gehorchen?

- Ich kenne Laury nicht ...

Laury lacht erneut und streichelt Juliettes Wange.

- Ich weiß es, meine Liebe. Und du wirst es mir sagen, du wirst sehen... Noch ein Getränk?

- Ja, bitte, Laury.

- „Du bist bezaubernd", sagte Laury und küsste Juliette auf die Wange. Ich gebe Ihnen einige Erklärungen. Du warst gut und du hast es verdient, dass ich nett zu dir bin. Oder vielleicht... Möchten Sie lieber nichts darüber wissen, was mit Ihnen passieren wird?

- Ich möchte es lieber wissen... Laury.

Laurys Hände wanderten langsam zu Juliettes Brust. Dann beharrte sie mit ihren Nägeln auf ihren Brüsten, bevor sie bis zum Hals reichte.

- „Schließe deine Augen", flüsterte Laury. „Öffne sie nicht!" Gerade lange genug, damit ich eine richtige Maske auf Ihr Gesicht auftragen kann. Bereit?

— Ja... Laury.

Sie legte eine dicke Ledermaske auf das Gesicht meines Namensvetters. Er bedeckte ihre Augen und verdeckte teilweise ihre Wangen. Dann sprach Laury erneut.

- Vor Ihnen... Eine riesige Leinwand. Was hier passiert, wird auf diesem Bildschirm übertragen. Ihre Frau Yvette und andere Menschen, die die Freuden der Libertinage lieben, werden uns beobachten. Insgesamt sieben Paare. Diese Menschen werden sehen, dass wir uns um Sie kümmern. Vertrauenswürdige Freunde von mir. Sie müssen sich keine Sorgen machen, sie sind sehr diskret. Diskretion ist in unserem Umfeld unerlässlich. Wie Selbstvertrauen. Das ist der erste Punkt. Fragen ?

- Keine Laury.

- Die Installation ist fertig und ich werde Sie benachrichtigen, wenn wir eine Verbindung herstellen.

Ich verstand besser, worüber Yvette und Laury gesprochen hatten. Wie die „andere" Juliette sollte ich per Video ausgestellt werden. Ich dachte für einen Moment, dass ich eine meiner exhibitionistischen Fantasien verwirklichen würde, die ich aus Vorsicht nicht in Betracht ziehen wollte: in einem nicht jugendfreien Video gefilmt zu werden ...

Während Laury mit Juliettes Haaren spielte und sie streichelte, setzte sie ihre Erklärungen fort, sodass die hübsche Brünette sich vorstellen konnte, was sie nicht sehen konnte.

- Wir sind im großen Wohnzimmer. Es ist ein Raum von mehr als hundert Quadratmetern. Wir wollten es so. Oben ist unser Haus. Wir sind natürlich nicht allein, das haben Sie bestimmt schon erraten. Du hast gehört, wie Maxime mit Yvette gesprochen hat. Es ist mein Mann. Maxime und ich, Simon, Vincent und Timothée. Drei Freunde, die genauso vertrauenswürdig sind wie diejenigen hinter unserem Schirm. Genauso diskret und vor allem sehr... sehr hilfsbereit! Bevor Yvette und Juliette uns kontaktierten, hatten wir einen schönen kleinen Abend geplant. Wir haben es nicht abgesagt. Also... Wir hatten noch eine kleine Juliette bei uns...

Laury führte Juliette durch den Raum und sie zwang sie, auf mich zuzugehen. Sie kratzte sich an den Brüsten und kniff die Brustwarzen zusammen, die sich hoben.

- Es scheint, dass Juliette ein Name ist, der zu kleinen ungezogenen Mädchen passt. Unser anderer Gast hat einen Namen wie Sie. Es ist Ihre einzige Ähnlichkeit oder fast... Schauen wir es uns an! Nun, es ist nur eine Art zu reden.

Kapitel 6

LAURYS NÄGEL DRÜCKTEN fester in die Brustwarzen der armen Juliette, die eine gedämpfte Beschwerde zurückhielt.

- Ah! Maxime signalisiert mir, dass die Verbindung hergestellt ist... Von nun an wird alles auf unserem Blog veröffentlicht. Ich glaube, du magst es, zur Schau gestellt zu werden, nicht wahr?

- Es ist das erste Mal... So... Laury.

- Es wird Dir gefallen, wenn Du Dich ansiehst, meine Liebe. Vertrau mir... Was habe ich gesagt?

Juliette war nun ganz nah bei mir und ich konnte nicht anders, als ihr Aussehen zu bewundern. Eine echte Kanone! Ich fand sie noch schöner als auf ihren Fotos. Maxime band eines meiner Handgelenke los und Laury nahm meine Hand, um sie in die von Juliette zu legen.

Juliettes Angst war spürbar. Laury zog sie zurück und führte sie mit ihren Händen, die ihre Äxte festhielten.

- Ich sagte, du hättest nur deinen Vornamen drin

bis auf ein paar Kleinigkeiten üblich. Ich spreche für dich, Juliette... Unsere kleine Juliette hat keine Augenbinde und kann dich sehen. Ich werde es dir ganz schnell erklären. Ihr seid beide ungefähr gleich alt. Sie müssen ungefähr einhundertachtzig Zentimeter groß sein und unsere kleine Juliette darf kaum mehr als eineinhalb Meter groß sein. Sie muss kaum fünfzig Kilo wiegen. Du hast lange Haare, sie trägt sie kurz. Beides Brünetten. Schwarze Augen für dich, braune für sie. Ihr seid beide sehr süß. Ihr habt beide sehr hübsche Körper. Du hast... Deine Brüste sind sehr schön, denke ich, das werden wir bald sehen, und haben die Größe wunderschöner kleiner Melonen. Juliettes sind sehr hübsch, aber sehr klein und frech. Deine Weste verbirgt immer noch deinen Hintern vor uns... Du musst einen tollen Hintern haben, der sehr gut zu deinen Brüsten passt. Unsere kleine Juliette hat einen kleinen Arsch, der zu ihren kleinen Titten passt. Ah... Schamhaare beider rasiert. Hast du Fragen, mein Lieber?

Während dieser gesamten Tirade massierte Laury die

Schultern von Juliette, gelähmt, und ich fragte mich, was dieser Vergleich bedeutete. Juliette antwortet ihm schließlich.

- Keine Laury...

- Perfekt... Zum Abschluss unsere kleine Juliette... Sie ist an einem großen, lackierten Holz-X befestigt. Arme erhoben, gespreizt und Beine gespreizt. Juliette ist ein wirklich ungezogenes Mädchen. Sie lebt ... Nehmen wir an, sie kommt von weit her. Und dass sie daher keine Bretonin ist. Sie reiste eine weite Reise, nur um sich dann nackt an ein Holzkreuz gefesselt und vor Publikum wiederzufinden ... Finden Sie nicht auch?

- Wenn Laury...

- Das liegt ganz einfach daran, dass unser charmanter Gast eine echte Schlampe ist. Eine sehr unterwürfige kleine Hure, die es liebt, in der Öffentlichkeit zur Schau gestellt zu werden.

Ausgestellt, gedemütigt, verprügelt, ausgepeitscht ... Wie dem auch sei! Unsere kleine Schlampe mag es, von Menschen wie uns unterwürfig und bestraft zu werden. Ich glaube sogar, dass sich seine nächste Sitzung auszahlen wird. Oh ja... Nur damit sie sich wie eine echte Hure fühlt. Eine kleine Hure, bezahlt, nachdem wir sie benutzt haben.

Laury hatte wieder Juliettes Hand genommen und sie ließ sich führen, ohne Widerstand zu leisten. Seine Finger näherten sich mir, bis sie mich berührten.

- Sein Hals... Ein Hundehalsband aus rotem Leder... Da folgt man der Leine, die an seinem Hals hängt... Auch rotes Leder...

Juliettes Hand wanderte über meinen Körper und ich musste daran denken, was sie in ihrer Privatsphäre mit Juliette machte. Auf das, was wir drei sogar virtuell gemacht hatten, bestimmte Abende, die mir noch heute im Gedächtnis herumschwirren. Aber ich glaube nicht, dass Juliette die Verbindung schon hergestellt hatte.

- Nippelklemme an der rechten Brust, sagte Laury zu ihm... Ziehe vorsichtig daran... Los geht's...

Ich spürte Juliettes Atem auf meiner Haut. Ich wollte sie. Sie streckte meine Brust und ich begann eine Grimasse zu verziehen.

- Nippelklemme, links... Schieß! Nochmals... Ziehen Sie sanft, bis diese kleine Hure schreit...

Juliette zögerte. Seine Finger berührten meine linke Brust, die sofort anschwoll. Die Spitze hob sich, gerade als Juliette begann, an der Zange zu ziehen, bis ich einen Schmerzensschrei nicht mehr zurückhalten konnte.

Zufrieden zwang Laury Juliette, sich zu beugen, um ihre Hand zwischen meine Schenkel zu führen.

- Ein Thread... Und was steht am Ende dieses Threads, meine Liebe?
- Ich kenne Laury nicht.

- Ein vibrierendes Ei... Es ist eines der Lieblingsspielzeuge aller.

unsere kleine Hure...

Während sie sprach, zog Laury Juliettes Weste an und entblößte ihre Schultern. Die Wolle rutschte an ihren Armen herunter, gab den Blick auf ihre prächtige Brust frei und landete schließlich auf dem Boden. Juliette war nackt und trotz meiner Angst überwältigte mich das Verlangen nach diesem Mädchen. Laury nahm wieder ihre Hand und führte sie zu meinem kleinen Arsch.

- Weißt du, wo deine Hand ist, meine Liebe?
- Ja, ich glaube, Laury ...
- Oder so ?
- Auf einem Gesäß...

Laury zog mit solcher Kraft an ihren Haaren, dass Juliette vor Schmerz erbleichte.

- Du hast das Zauberwort nicht gesagt...
- Tut mir leid, Laury...

- Fahre mit deinen Fingern durch die Spalte im Gesäß dieser Hure ...

Diesmal erfüllte mich die Beleidigung mit Scham, aber Juliettes Finger, die geschickt und sinnlich zwischen meinen beiden engen Kugeln glitten, ließen mich dahinschmelzen. Sie entdeckte die Rosenknospe, die meine Rosette schmückte.

- Sie trägt einen Laury-Plug...
- Gut gemacht ... Trägst du gerne einen?
- Ja, Laury...

Doch nun war es Juliettes hübscher Hintern, der Laury interessierte. Seine Hand streichelte ihr Gesäß, und ich sah, wie seine Finger sich dazwischen schlängelten und ihre kleine dunkle Nelke umkreisten.

Juliette spürte, wie die Hand der Frau ihr Gesäß streichelte und ihre Finger zwischen ihre festen Kugeln eindrangen. Sie errötete vor Scham, als Laury mit ihren Fingern über ihren Anus fuhr.

- Darf ich Juliette, fragte Laury?
- Ja, Laury... antwortete sie errötend.
Sofort steckte unsere Gastgeberin ihren Finger dazwischen

Julias Nieren. Langsam, tief.

Ich warf einen Blick auf den riesigen Bildschirm und sah ein Mosaik aus Bildern. Jeder musste den Gruppen entsprechen, die heute Abend von dem Spektakel unserer Possen profitieren würden. Eine davon erregte meine Aufmerksamkeit: zwei Frauen ... Eine davon war zweifellos Yvette. Neben ihr... eine große Blondine... Juliette!

- Du hast einen sehr einladenden Arsch, meine Liebe. Ich werde es nicht vergessen.

Laury befingerte sie mit der Geschicklichkeit, die ihr zweifellos ihre lange Erfahrung verliehen hatte. Ich stellte mir vor, wie lecker es war, besonders für mich, der Analsex liebt.

- „Ich werde unserer kleinen Hure meinen Finger zum Lutschen geben", verkündete Laury und zog ihn aus Juliettes hübschem Arsch.

Ich wurde blass. Ich hatte Juliette immer abgelehnt, an meinem Finger zu lutschen, wenn sie von mir verlangte, mein kleines Loch zu durchsuchen. Aber da saß ich fest. Ich hatte nicht vor, das Wort zu sagen, das alles so schnell beenden würde ...

Ich habe diese neue Demütigung akzeptiert. Ich öffnete meinen Mund und sein Mittelfinger legte sich auf meine Zunge. War es die Aufregung? Ich empfand kaum Ekel.

- Das liegt daran, dass das ungezogene Mädchen es mag... Saug es gut, Schlampe!

Laury nahm erneut Juliettes Hand und führte sie zwischen meine zerrissenen Schenkel. Die Finger der hübschen Brünetten trafen auf die Schnur meines vibrierenden Eies.

- Du ziehst sanft... Ich fange mit dem Ei an.

Juliette gehorchte ihm und ein leises Geräusch ging von dem Ei aus, das bald vibrierend in meine Muschi zurückkehrte. Zu meinem größten Vergnügen.

- Danke Juliette. Nun... Es ist Zeit, zur Sache zu kommen. Herren! Sie können uns bestrafen kleines bösartiges Mädchen. Sie muss ungeduldig werden, denn ihre Muschi ist tropfnass.

Die drei Männer standen auf und mein Herz sank, als ich das Leuchten in ihren Augen sah. Ich merkte kaum, was mit Juliette geschah.

Laury hatte sich ein Halsband und eine Leine geschnappt, ähnlich wie ich, und sagte zu meinem unglücklichen Begleiter:

- Ein hübsches Hundehalsband, schwarz und mit roten Steinen verziert. Und eine passende Leine. Waren Sie schon einmal an der Leine, Juliette?

- Keine Laury...
- Niemals ?
- Niemals Laury...

- Oh, es ist perfekt! Es ist sehr aufregend ! Sagte Laury und kniff mit einem sardonischen Lachen in die verhärtete Brustwarze der armen Juliette. Du wirst eine sehr schöne Hündin sein, Juliette. Aufleuchten ! Auf allen Vieren !

Aber ich hatte keine Zeit zu sehen, was mit Juliette passiert ist. Simon, Vincent und Timothée waren jetzt ganz nah bei mir und was ich vor meinen Augen hatte, erschreckte mich.

Kapitel 7

ICH STAND DEN DREI Männern gegenüber. Der Blonde hielt eine Peitsche mit langen schwarzen Lederriemen in der Hand, während der dunkelhaarige Mann mit den imposanten Muskeln eine große Reitpeitsche hielt, die in einem Lederstrang endete, mit der er spielte und mir dabei ein böses Lächeln schenkte.

Voller Angst sah ich, wie sich mein schwarzer Fahrer näherte und meine Knöchel losband. Er band auch meine Handgelenke los, aber nur um mich dazu zu bringen, mich umzudrehen und meinen Rücken und mein Gesäß zu zeigen. Sofort fühlte ich mich gefesselt und zerrissen.

- „Du wirst genau das tun, was ich dir sage, du kleine Hure", sagte er mir. Jeder Ungehorsam Ihrerseits wird die für Sie vorgesehenen Schläge verdoppeln. Hast du das verstanden, Juliette?

- Ja...
- Nennen Sie mich Meister!

- „Ja ... Meister", beeilte ich mich hinzuzufügen, um seiner Wut zu entgehen.

- Du magst es, geschlagen und gedemütigt zu werden, nicht wahr?
- Ja Meister.

41

- Sie werden also bedient. Wir kümmern uns zunächst um deine kleinen Titten und deinen hübschen Hintern.

Der Schwarze beschleunigte die Bewegungen des Eies, das immer noch in meiner saftigen kleinen Aprikose vibrierte. Er nahm die von der Zange zerquetschte Spitze meiner rechten Brust zwischen seine Finger und begann damit, sie zu dehnen und zu drehen. Ich biss mir auf die Lippe, um nicht zu schreien, aber er bestand darauf, bis mir ein gedämpftes Stöhnen entfuhr.

- Los, befahl er den anderen beiden.

Sofort spürte ich, wie die Riemen der Peitsche und die Peitsche auf meinen Rücken und mein Gesäß einschlugen. Die Schläge regneten nacheinander herab.

- „Gefällt dir das, Schlampe", fragte mich Timothée regelmäßig?

- Ja, Meister, ich musste jedes Mal antworten.

Und jedes Mal verdoppelte sich die Kraft der Schläge, das Ei vibrierte immer stärker in meiner von Nässe überfluteten Höhle. Die Empfindungen, die es bei mir auslöste, wurden durch das Vorhandensein des Plugs, der mein kleines Loch erweiterte, noch verstärkt. Ich hatte das Gefühl, ich würde gleich abspritzen, aber ich wollte es nicht zeigen. Ich hatte mein Schamgefühl noch nicht ganz überwunden.

Und dann verlor ich den Halt und gab einem Orgasmus unglaublicher Gewalt nach. Glücklicherweise erlaubte mir die Heftigkeit der Peitsche und der Peitschenhiebe in diesem Moment, meine Schreie dem Schmerz zuzuschreiben.

Meine Folterer schienen nicht zu bemerken, dass ich Sperma hatte, sie waren zu sehr damit beschäftigt, mich auszupeitschen. Sie beschlossen, meine Position zu ändern, und ich nutzte diese kurze Pause, um Juliette anzusehen.

Die hübsche Brünette kniete zwischen Laurys Schenkeln, die sie mit hochgekrempeltem Rock an den Haaren festhielt und sie zwang, ihre Muschi mit den Fingern zu durchsuchen. Ich habe ihn fast beneidet.

In wenigen Sekunden war ich wieder ans Kreuz gefesselt und stand den drei Männern gegenüber. Timothée nahm erneut eine Brustwarzenklemme und zog so fest daran, dass ich dachte, er würde mir die Brustwarze abreißen, und ich schrie.

- Pass auf ihre hübschen kleinen Titten auf, sagte er zu Simon, dem Blonden, während er meine erigierte Brustwarze hielt. ICH gefühlt DER Tangas von schnell berühren Dort Geburt meiner Brüste, gehe hinunter, um die Unterseite der beiden Kugeln zu streicheln. Ich zitterte vor Angst und wartete DER Schläge WHO geboren würde vermisst werden nicht ankommen. Ich sah, wie Simon seinen Arm ausstreckte und die Lederriemen bissen in meine Brust, ganz nah an den erigierten Brustwarzen, wo sie am empfindlichsten sind. Sie schlangen sich um meine Brüste und ich schrie jeder Schuss.

Timothée, der Schwarze, fuhr mit seinen Fingern zwischen meine Schenkel und zeigte sie, glitzernd von meinem Liebessaft.

- Hast du gesehen? Sie ist nass! Das gefällt ihr ! Richtig, Julia? Bist du eine echte devote Schlampe?

- Ja, Meister, Ich mag Das. ICH Bin dein Schlampe eingereicht.

- Dann werden Sie lieben, was als nächstes kommt!

Ich litt noch mehr unter der Schande, gedemütigt zu werden und Freude daran zu haben, als unter den Schlägen, die ich erhielt. Timothée packte meine Knöchel, hob sie vom Boden und entfernte das vibrierende Ei aus meiner Muschi. Ich hing mit gespreizten Beinen an den Handgelenken am Kreuz, und Vincent näherte sich, während die Riemen des Mauerseglers weiterhin rote Flecken auf meinen Brüsten hinterließen.

Der Docht der Gerte wanderte lange Zeit zwischen meinen Schenkeln, vor allem an der Innenseite, wo die Haut am weichsten und empfindlichsten ist. Manchmal wagte sie sich an meine Muschi und spreizte meine Lippen, um sicherzustellen, dass ich nass war. Ich

konnte es nicht verbergen. Bei Moment Oder ICH ich da wartete
DER weniger, Dort

Die Peitsche schmerzte an der Innenseite meiner Oberschenkel. Abwechselnd das eine und das andere. Ich gehe zurück zu meinen geöffneten großen Schamlippen. Meine Schreie wurden immer lauter und folgten der Bewegung der Peitsche. Vincent zielte zunächst auf meinen Unterbauch, direkt über meinem kleinen Schlitz. Ich krümmte mich vor Schmerz, aber auch vor Vergnügen. Und meine Schreie wurden zu Geheul, in dem Moment, als das Stück der Reitpeitsche in meinen kleinen Knopf biss.

Ich dachte, ich würde eine kurze Pause machen, weil das Trio zur Seite trat. Ich habe mich sehr geirrt. Timothy sagte mir, dass meine Bestrafung erst enden würde, wenn ich den Höhepunkt erreicht hätte.

- Sagen Sie mir, dass Sie damit einverstanden sind, dass es Ihnen gefällt, bestraft zu werden und dass Sie abspritzen werden.

- „Oh, Meister... Es tut zu weh", antwortete ich und bezweifelte ernsthaft, dass ich jemals wieder einen Orgasmus erreichen würde.

- Das ist nicht das, was ich will! Du wirst kommen, wenn du willst, dass wir aufhören!

- Ja Meister, ich werde abspritzen.

- Sagen Sie es laut: Ich möchte bestraft werden, bis es mir Spaß macht, es zuzugeben.

- Ja... ich möchte bestraft werden. Ich sage Ihnen, dass es mir Spaß macht.

Maxime kam mit seiner Kamera auf mich zu. Als ich nach unten schaute, sah ich die Spuren der Peitsche und der Reitpeitsche auf meiner Brust, meinem Bauch und meinen Oberschenkeln.

Timothée und sein blonder Freund packten meine Knöchel und hoben meine gespreizten Beine hoch, höher als mein Gesicht. Maxime hat mich aus allen Blickwinkeln aus nächster Nähe gefilmt. Er zoomte auf mein Gesicht heran, verzog vor Schmerz und Vergnügen das

Gesicht, mein Make-up war durch meine Tränen ruiniert, meine Brüste waren eingeklemmt, die Spuren der Auspeitschung. Ich war schweißgebadet und spürte, wie meine Nässe über meine Schenkel und auf meine tropfte schmerzendes Gesäß. Ich konnte nicht zu Atem kommen.

Timothée öffnete meine arme kleine Muschi mit seinen Fingern, um der Kamera meine geöffneten Schamlippen, meinen zuckenden Kitzler und meinen Schlitz anzubieten, aus dem mein Liebessaft weiterhin frei floss.

- Schau dir die Bildschirmschlampe an, er hat es mir befohlen!

Ich drehte meinen Kopf zur riesigen Leinwand und entdeckte wider meinen Willen das Spektakel, das ich bot. Und am unteren Bildschirmrand die kleinen Fenster, in denen wir die Reaktionen der virtuellen „Gast"-Paare dieses Abends sehen konnten. Der Stolz, mich so zur Schau zu stellen, half mir, die Schande und Demütigung zu ertragen, die sich daraus ergab, mich so behandeln zu lassen.

- Schämst du dich nicht, vor allen Leuten so nass zu werden?

- Wenn...
- Wenn was!
- Ich schäme mich!
- Magst du es, bestraft zu werden, Schlampe?
- Ja, ich mag es, bestraft zu werden...

In dieser Position war ich völlig verletzlich. Die Gerte fiel auf meinen durchnässten Penis und ich begann ununterbrochen zu schreien. Ich drehte und kämpfte unter den Schlägen, bis ich nicht mehr spürte, wie meine Handgelenke am Kreuz befestigt waren.

Es war Timothée, der mich jetzt mit beeindruckender Geschicklichkeit und Präzision schlug. Der lange Lederriemen knallte auf meine Muschi, aber auch zwischen meinen gespreizten Pobacken und auf mein kleines Loch, das durch mein Analjuwel geweitet wurde;

- Komm, kleine Hure, sagte er mir regelmäßig. Komm, wenn du willst, dass ich aufhöre.

- Ich kann nicht ... Bitte, antwortete ich ab und zu.

Aber ich wusste, dass ich log, und zwar meinerseits

Große Schande, das Vergnügen ließ mich allmählich alle Zurückhaltung verlieren. Es war nicht mehr nur der Schmerz, der mich dazu brachte, mich zu beugen und zu bocken.

- Es kommt ... Es kommt ... Ich gab es schließlich schluchzend zu.

- Was kommt, Schlampe?

Ich konnte nicht antworten. Ich schrie weiter, aber schließlich sprach ich die von mir verlangten Worte und besiegelte damit meine Niederlage.

- Ich werde bald abspritzen!
- Wiederholen Sie, Schlampe!
- Ich werde bald abspritzen!
- Stärker!

- Ich werde abspritzen!.... Ich genieße es... OOOOOOh! ICH KOMME!!!

Krämpfe verrückter, unaussprechlicher Lust lähmten mich, rissen mich mit, bis ich fast das Bewusstsein verlor. Nasse Strahlen spritzten aus meiner gequälten Muschi, während ich weiterhin unartikulierte Schreie ausstieß, unterbrochen von „Scheiße, oh verdammt!" Das ist gut ! ". Und der Gedanke, dass mich sieben Paare auf ihren Bildschirmen beobachteten, machte mein Vergnügen noch vollkommener.

Timothée band mich los und stellte mich wieder auf die Beine, aber ich konnte nicht auf meinen immer noch zitternden Beinen stehen. Ich konnte nicht mehr atmen und mein ganzer Körper zitterte.

Während der Blonde mich von meinen Klammern und meinem Plug befreite, sah ich Juliette, wie sie Laurys Muschi leckte, offensichtlich im Himmel. Aber Timothée ließ mir keine Zeit, die Szene zu genießen, und als er sah, dass ich mich ein wenig erholte, bellte er:

- Du weißt, wo das Badezimmer ist!
- Ja...
- Dann kommst du zurück und setzt dich.

Kapitel 8

BEIM DUSCHEN LIESS ICH mir Zeit. Mein Körper tat weh und das kühle Wasser, das über meine Haut lief, linderte das Stechen und Kribbeln, das mich an die Behandlung erinnerte, die ich gerade durchlaufen hatte.

Aber mein Geist war nicht zur Ruhe. Wie konnte ich an diesen Punkt gelangen? Zur Schau gestellt, gedemütigt, verroht, aber ich fand perverse Freude an dieser Situation, in die ich mich gebracht hatte. Es gab tatsächlich dieses Wort, das wir mit Laury vereinbart hatten und das es mir ermöglichen würde, alles zu stoppen. Nur wollte ich es immer weniger sagen. Ich wollte meine Fantasien und meine Grenzen auf die Spitze treiben, um mich zu beweisen.... Was mir beweisen? Ich wusste es nicht einmal!

Ich beschloss, in den großen Raum zurückzukehren, wohlwissend, dass mich dort weitere Prüfungen erwarteten. Ich gehorchte Timothées letztem Befehl und setzte mich nackt auf ein Sofa, wo ich Juliette fand. Ihre Maske war abgenommen worden und sie konnte mich jetzt sehen.

Sie sah mich mit einem neugierigen Blick an, ohne

erkenne. Es stimmt, dass ich auf den Fotos von mir, die sie gesehen hatte, mein Gesicht und alles, was mich hätte erkennen lassen, sorgfältig versteckt hatte. Und sie hatte wahrscheinlich nicht damit gerechnet, mich hier zu finden, so weit weg von zu Hause.

Ich trank gerade Wasser aus dem Flaschenhals, als der Blonde auf mich zukam. Er hielt das Halsband und die Leine, die Laury mir bei meiner Ankunft gegeben hatte. Er fixierte mich mit einem harten Blick und ich beschloss, seinem Befehl zuvorzukommen, aus Angst vor einer weiteren Bestrafung.

Ich kniete nieder und er befestigte das Halsband um meinen Hals, bevor er die Leine daran befestigte. Ich stieg auf alle Viere und folgte ihm, als er begann, sich vorwärts zu bewegen.

Timothée ging mit den gleichen Accessoires auf Juliette zu. Als er ihr die Halskette hinhielt, hielt sie kaum inne. Wie ich ging sie auf alle Viere und ließ sich wie ein Hund fesseln.

Die beiden Männer führten uns zu Laury, die auf die riesige Leinwand starrte. Mein Blick blieb auf den Bildern stehen, die durch die verschiedenen Fenster gingen, und plötzlich sah ich Yvette und Juliette.

Yvette hatte den bis dahin stummgeschalteten Ton eingeschaltet, und auf einen Befehl von Laury hin intervenierte Maxime, sodass ihr Video im Vollbildmodus angezeigt wurde.

- Hallo, sagte Yvette zu den anderen Paaren, von denen einige bereits nackt waren.

Alle antworteten ihr und gratulierten ihr zu ihrer Initiative. Yvette lachte laut, als ein Mann ihr erzählte, dass er das Spektakel, das sie mit Juliette boten, bezaubernd fand. Dem Gesichtsausdruck der letzteren nach zu urteilen, war sie weniger begeistert ...

- „Komm schon, meine Liebe", sagte Yvette zu ihr... „Ich will etwas Vergnügen..."

- Yvette...

- Geh auf die Knie und leck mich!
- Du willst, dass ich dich anflehe...

Juliette sprach mit vor Verlegenheit erstickter Stimme, und ihr Blick flehte ihre Freundin an, die entschlossen zu sein schien, sie den schlimmsten Verbrechen auszusetzen.

- Du wirst jeden meiner Wünsche erfüllen. Beginnen wir damit: Ich habe heute Morgen nicht geduscht. Ich weiß nicht wirklich warum. Lust am Faulenzen... Wenn du mich nicht angerufen hättest, wäre ich unter der Dusche gewesen. Aber Ihr Anruf hat mich begeistert und auf diese Idee gebracht. Und du weißt warum ? Ich weiß, dass du es hasst, nicht ganz sauber zu sein. Aber du wirst es mit mir machen. Du wirst mich in dem Zustand lecken, in dem ich bin. Ich sterbe dafür. Und du wirst nass werden wie die Schlampe, die du bist... Gehorche jetzt!

Yvette stand auf und zog sich mit ein paar sinnlichen Gesten vollständig aus. Sie blieb vor ihrer Webcam stehen und entblößte sich für einen Moment für die anderen Voyeure, bevor sie sich auf ihr Sofa setzte. Sie spreizte ihre Schenkel weit und bot schamlos den Blick auf ihre schweren birnenförmigen Brüste und die roten Haare ihrer Muschi.

- Komm schon, sagte sie zu Juliette, während sie mit den erigierten Spitzen ihrer Brüste spielte.

Sie drückte auf Juliettes Kopf, um sie zu zwingen, ihn abzulecken. Sie zog ihr blondes Haar zurück, und das Haar, das ich so oft „Herrin" genannt hatte, passte zu allen Anforderungen von Yvette. Anhand der Bewegungen ihres Kopfes und der Reaktionen der Rothaarigen konnten wir erraten, was sie tat. Und damit die Voyeure dieses Abends keinen Zweifel haben, drehte sie Juliettes Gesicht kurz zur Webcam und bot uns das Schauspiel ihrer Lippen und ihres von dickem Liebessaft klebrigen Kinns.

- Meine Freunde... Juliette macht das wunderbar. Es wird nicht lange dauern, bis ich abspritze... Leck mich gut, mein Schatz...

Juliettes Kopf sank zurück zwischen ihre Schenkel

von Yvette, die ihre Beine hoch hob. Ich verstand, dass ihre Nelke geleckt wurde, und warf einen verstohlenen Blick auf Juliette: Sie war sichtlich berührt, als sie sah, wie ihre Frau auf diese Weise behandelt wurde, auch wenn sie es war, die Laury und seinen Gefolgsleuten die Schuld gegeben hatte.

Plötzlich zog Yvette an Juliettes blonden Locken und befahl ihr, sich nicht zu bewegen. Sie hob ihren Rock und entblößte ihr nacktes Gesäß der Webcam, was einen der Zuschauer zum Schreien brachte, dass er die Szene erregend fand.

- „Ich werde ihren Tanga später ausziehen", antwortete Yvette. Geduld!

Dann fing sie wieder an, ihre Brustwarzen zu kneifen und spreizte ihre Schenkel noch weiter.

- Leck mich schnell Schlampe! Schnell ! Ich werde abspritzen... Juliette folgte den ihr auferlegten Bewegungen

Yvette. Sie leckte ihren Schlitz und man konnte die feuchten Geräusche hören, die durch die Hin- und Herbewegungen ihrer Zunge verursacht wurden. Sie hatte zwei mit Liebessaft benetzte Finger in das kleine Loch der Rothaarigen gesteckt und befummelte sie wütend.

Dieser Anblick hatte mich meine eigene Situation vergessen lassen und ich wurde nass, als ich Juliettes hübschen Arsch sah.

Da stieß Yvette ein langes, heiseres Stöhnen aus.

- Ich komme ... ich komme!

Yvette spritzte und zog sich unter der Wirkung des Orgasmus, der sie erschütterte, krampfhaft zusammen. Juliette saugte weiter an ihrer Klitoris und trank den Saft, der aus der offenen Fotze der Rothaarigen lief.

Aber ich sah, wie Laury sich Juliette und mir zuwandte, und mir wurde klar, dass wir an der Reihe waren, noch einmal das Spektakel unserer Unterwerfung zu bieten.

Kapitel 9

Kapitel 9

Laury wandte sich auf ihren Bildschirmen an die Voyeure, die uns wieder zu Hause beobachten mussten.

- Maxime hat mir erzählt, dass diese Pause für einige von Ihnen sehr gewinnbringend war. Ich werde auf jeden Fall beobachten, was passiert ist, zweifle nicht daran ...

Dann fuhr sie fort und bürstete meine Haare:

- Ich habe dir eine angenehme Show versprochen ... Also werde ich mein Versprechen halten!

Laury streichelte nun Juliettes Haar

- Finden Sie unsere beiden Unterwürfigen nicht hinreißend? Und vor allem furchtbar spannend? Sind unsere beiden Hunde nicht großartig?

Juliette und ich blieben regungslos auf allen Vieren liegen und warteten gespannt darauf, was als nächstes kommen würde.

— Für Juliette, die ich gerade streichle, ist eine Deutsche Dogge eine natürliche Wahl. Für unsere kleine Hure ... ich zögerte. Klein, zierlich... Ich dachte an einen Windhund. Ein Doggystyle! Sind das nicht beide wunderschöne Hündinnen? Ein ziemlich feiner und vornehmer Windhund. Ein hervorragender, robuster und formschöner Däne harmonisch.

Laury befahl den beiden Männern, die uns an der Leine hielten, näher an sie heranzukommen, und wir gingen auf allen Vieren voran, an unseren Halsbändern gezogen.

- Wir lassen unsere Hündinnen nun einander kennenlernen... Meine Herren!

Zum ersten Mal waren unsere Gesichter ganz nah beieinander. Besonders schön fand ich Juliette. Juliette hatte Recht, als sie sagte, dass sie heiß sei, und trotz der Angst, die mich packte, hatte ich ein verrücktes Verlangen nach ihr.

- Deine Zungen, rief Timothy.

Diesmal kam der Befehl des Schwarzen meinem eigenen Wunsch zuvor. Meine Lippen fanden die von Juliette, berührt und beunruhigt über das Schauspiel seiner Frau, die Yvettes Perversität ausgesetzt war. Sein Mund öffnete sich, um meiner Zunge den Durchgang zu ermöglichen, auf der Suche nach seiner, für einen feurigen Kuss. Aber Juliette gab sich nicht ganz hin, nicht so sehr, wie ich gehofft hatte.

- Doggystyle! „Leck Dane das Gesicht", bellte Timothée!

Ich stürmte buchstäblich auf Juliette zu. Mein nasser Mund, meine Zunge fuhren über die hübschen Gesichtszüge, wie es eine Hündin getan hätte.

Ich ging über meine Befehle hinaus und der Biss der Peitsche in mein Gesäß, den der Blonde bearbeitete, begleitet von einem scharfen Schlag, erinnerte mich daran, dass ich sanfter sein musste. Ich beeilte mich zu gehorchen ... Aber diese „Sequenz" war für meinen Geschmack zu kurzlebig.

- Auf deinen Knien Dänisch! „Sieh gut aus", rief Timothée, der Juliettes Leine hielt.

Er zog die Leine nach oben und begleitete seinen Befehl mit einem heftigen Schlag der Gerte, der ihr das Gesäß aufschlitzte und sie zum Schreien brachte.

- Gehorchen! Auf den Knien und mit den Händen in der Luft!

Juliette war jetzt vor mir und kniete.

Arme erhoben. Auf Befehl des Schwarzen, unterbrochen von einem Schlag der Gerte auf ihrer Brust, spreizte sie ihre muskulösen Schenkel. Unter der Wirkung der Demütigung war ihr Gesicht rot geworden und ich konnte an ihren leuchtenden Augen erkennen, dass sie die Tränen zurückhielt.

- Leck ihre Titten, du kleine Hure, hat mir mein Meister befohlen.

Ich gebe zu, dass es mir Freude bereitete, diesen Befehl zu erhalten, und dass es mich furchtbar erregte, ihm zu gehorchen.

Ebenfalls vor Juliette kniend, ganz nah bei ihr, griff ich zunächst ihre rechte Brust an. Meine Zunge fuhr über den runden, harten Globus und ich sah, wie sich die Spitze hob. Juliette war trotz ihrer Scham sichtlich dankbar dafür! Als meine Zunge begann, den gespannten Warzenhof zu umkreisen, forderte der Blonde mich auf, mich um seine linke Brust zu kümmern, und ich erhielt einen heftigen Schlag der Peitsche auf mein gewölbtes Gesäß, um mich zu ermutigen.

Mir wurde klar, dass in diesem Moment der Schmerz, der durch das Beißen der Lederriemen verursacht wurde, zum Vergnügen wurde. Ich habe es mir eingestanden, ohne die geringste Reue zu empfinden.

Mit zunehmender Begeisterung fing ich wieder an, Juliettes Brust zu lecken. Mein Speichel glänzte auf ihrer dunklen Haut und die Seufzer der hübschen Brünetten zeugten von ihrer Freude und Hingabe.

Ich hatte die erigierten Brustwarzen angegriffen, daran gesaugt, daran gesaugt und sie mit den Liebkosungen meiner Zunge bedeckt, als eine Salve von Schlägen auf meinen kleinen Arsch fiel.

- Doggystyle! Jetzt Zähne, rief Timothy.

Ich biss sanft in die geschwollenen Knospen, als ob sie gleich platzen würden. Einer nach dem anderen. Sie dehnte sie sanft, bis Juliette vor Schmerz aufstöhnte, um sie sofort loszulassen und wieder zu ergreifen, sie zu beißen und noch mehr zu quälen.

Ich war nass wie eine echte Schlampe. ich war nicht

kam, um zu warten und die Schläge des Mauerseglers zu begehren, der nicht lange auf sich warten ließ. Ich konnte es kaum erwarten, den Rest zu entdecken, denn ich war mir sicher, dass dies dazu führen würde, dass ich mich Juliette zur Schau stellte, deren Stöhnen von der Lust zeugte.

- „Wissen Sie alle, was zwei schöne Hündinnen tun, wenn sie sich besser kennenlernen wollen", kommentierte Laury?

- Dänisch! „Dreh dich um", rief Timothy.

Juliette errötete erneut, drehte sich um und ließ sich auf alle Viere nieder, um mir den herrlichen Anblick ihres beängstigenden unteren Rückens zu bieten.

- Doggystyle! Leck Danes Arsch, rief mein Meister.
Ich steckte mein Gesicht zwischen die beiden Gesäßbacken, fest und muskulös. Ich war begeistert. Der Gedanke an meine Demütigung kam mir gar nicht mehr in den Sinn. Ich platzierte ein paar leichte Küsse an der Entstehung der Furche, die diese beiden Hemisphären trennte, bevor meine Zunge mit der Erkundung begann. Ich hatte diesen Arsch so sehr gewollt, in meinen heißen Chats mit Juliette!

- Das ist gut, Greyhound, mein Meister hat mir ein Kompliment gemacht.

Du bist eine gute Hündin.

- „Krümme deinen Rücken mehr, Dane", sagte Timothée.

Juliette gehorchte mit einem Eifer, der mich glauben ließ, dass sie Freude an dieser Situation und an meinen Liebkosungen hatte. Natürlich wanderte meine Zunge zu ihrer geschwollenen Aprikose, die ich mit Liebessaft überflutet vorfand. Juliette fing an zu stöhnen und ich fing an, ihr kleines Loch zu lecken, immer schneller, immer härter. Ich vermutete, dass sie gleich abspritzen würde, und drehte ihre gewölbte Öse mit meiner Zungenspitze. Aber ich hatte keine Zeit, sie zum Orgasmus zu bringen.

- Dreh dich um, Greyhound, befahl mir Simon, der Blonde.
Ich stand auf und sah, wie der Schwarze an der Leine zog

von Juliette, die sich leiten ließ.

- Du bist dran, Däne ... Iss den Arsch der kleinen Hündin!

Mein Meister spreizte mein Gesäß mit der ganzen Kraft seiner kräftigen Hände, und ich wölbte meinen Rücken und bot Juliette meinen Hintern an. Ich spürte sofort seinen Mund, seine Zunge, wie er mein Gesäß leckte und sogar seine Zähne darin vergrub. Ich konnte ein glückliches Stöhnen nicht zurückhalten, Juliettes Liebkosungen waren so langsam und sanft. Ich begann zu stöhnen, als seine Zungenspitze auf meiner Rosette verweilte, wie ich es selbst getan hatte.

- Schneller ! „Besser als das", rief Timothée, der jeden Satz mit einem Schlag seiner Peitsche unterstrich, dessen Klang mich erschrecken ließ.

Juliette schrie vor Schmerz auf, folgte aber dem Befehl ihres Herrn. Sie begann mich mit unkontrollierter Leidenschaft zu lecken. Ich floss wie eine Fontäne, und der Mund der hübschen Brünetten wanderte über meinen Schlitz und trank den dicken, klebrigen Liebessaft, der in Rinnsalen von meinen kleinen Lippen hing.

Ein neuer Schlag des Mauerseglers streifte Juliettes Rücken und sie kehrte zu meinem kleinen Loch zurück. Sein Mund klebte an meinem Puck, den seine Zunge erkundete.

Für einen Moment dachte ich an die Voyeure, die uns auf ihren Bildschirmen ausspionierten. Besonders Juliette. Was empfand sie, als sie uns beide ansah? „Ihre" Juliette, auf allen Vieren, ihre Muschi entblößt, den Arsch ihrer unterwürfigen kleinen Hure verschlingend?...

- „Doggystyle, leg dich auf den Rücken", fragte mich Laury sichtlich aufgeregt.

Ich gehorche und biete meinen nackten, schweißtriefenden Körper an, meine kleinen Titten sind hart wie Stein, meine Schenkel sind über meine offene Fotze gespreizt. Juliette kam mit 69 auf mich. Sie begann gierig an meiner Klitoris zu saugen.

Das Schwitzen und die Nässe der hübschen Brünetten

tropfte auch auf mich und mein Mund attackierte ihre Muschi und ihr kleines Loch. Ich wand mich unter diesem herrlichen Körper,

Wir stöhnten beide am Rande des Vergnügens. Wir versuchten beide, unseren Orgasmus hinauszuzögern, doch plötzlich drückte Juliette ihre Zunge so tief in meinen Schlitz, dass ich mich nicht mehr beherrschen konnte.

Ich genieße es, mich vor Vergnügen zu winden, in einem langen Schrei, der von Juliettes Sex gedämpft wird und auf meinem Mund zerquetscht wird. Ich wollte, dass sie auch kam, und biss sanft auf ihre kleinen Lippen. Ein heiseres Stöhnen verriet mir, dass ich meine Ziele erreicht hatte, und ein Strom süßer, warmer Feuchtigkeit überflutete mein Gesicht.

- Wieder ! „Mach weiter, Schlampen", rief Laury uns zu. Ich hatte Juliettes wunderschöne saftige Aprikose nicht aufgegeben und verdoppelte meine Leidenschaft, sie zu lecken und zu lutschen. Doch die hübsche Brünette blieb, von Vergnügen überwältigt, zurück bewegungslos, ihr Theaterstücke gestellt An Mein Bauch spannend.

- „Iss es, Dane", befahl ihr der Schwarze. Gehorche, Hündin!

Ich hörte das Zischen der Lederriemen und ihr Knacken, als sie Juliette ins Gesäß bissen. Sofort umschlossen Juliettes Mund und Zunge meinen klaffenden Schlitz.

- Mach weiter, Dane!

Die Spitze von Juliettes Zunge bereitete mir unbeschreibliches Vergnügen, als sie sich um meine harte und erigierte Knospe drehte. Doch die Schläge prasselten weiter, auf ihren Rücken und auf ihren hübschen Hintern. Ich wollte mich Juliette immer mehr hingeben und hob meine Beine so weit wie möglich auseinander, sodass mein Gesäß und mein kleines Loch zum Vorschein kamen. Juliettes Stöhnen wurde immer lauter, ohne dass ich wusste, ob ihre Erregung von mir oder von den Stößen kam schnell.

Nur war es jetzt offensichtlich, dass ich an der Reihe war, zu leiden ...

Simon ließ meine Leine los und kniete sich zwischen meine Beine. Er hielt sie auseinander und schob Juliettes Gesicht weg. Aus dem Augenwinkel sah ich einen Dildo in seiner Hand. Schwarz. Riesig ! Ich hätte Angst haben sollen, aber der Verlauf dieses Abends hatte mich zu einer anderen Frau gemacht, betrunken vor Vergnügen, bereit, alles zu akzeptieren.

Ich spürte, wie die monströse Silikoneichel gegen meine kleine dunkle Öse drückte. Ich hielt den Atem an und versuchte mich zu entspannen. Mit kleinen Bewegungen seiner Handgelenke drückte der Blonde die Olisbos gegen meine Rosette, die sich langsam öffnete. Ich biss mir auf die Lippen. Das Ding war zu groß für meinen kleinen Arsch. Ein stechender Schmerz überraschte mich, aber ich schrie nicht auf.

Und dann ließ der Schmerz fast wie durch ein Wunder nach und wurde durch das seltsame Gefühl ersetzt, das ich bereits kannte, wenn mein Anus geweitet wird und Vergnügen mit der Angst, zerrissen zu werden, vermischt wird. Es war, als hätte mein Arsch diese Eichel verschluckt, und der lange schwarze Stab begann langsam einzusinken, während Wellen der Lust aus der Mulde meines Gesäßes ausstrahlten.

- „Das gefällt ihr, unserem kleinen Hund", kommentierte Simon.

Als er seinen Satz beendete, schob er den Dildo in einem Zug vollständig in meine kleine Öse. Mein ganzer Körper zitterte vor Krämpfen und ich stieß einen langen Schrei aus, der durch den Raum hallte. Als ich meine Augen öffnete, wurde mir klar, dass Maxime um uns kreiste und uns filmte. Unsere Voyeure mussten einen Blick aus der Nähe auf meinen sodomisierten Arsch werfen, und der Gedanke machte mich noch ein bisschen erregter.

Ich nahm meinen Cunnilingus wieder auf, auf Juliettes
Muschi, von wo aus

Ein klarer Saft floss, und ich sah, wie Timothée sich einen weiteren Dildo schnappte, der zweifellos dem ähnelte, der mich jetzt in einem regelmäßigen Rhythmus sodomisierte. Juliette ahnte nichts.

- „Beug deinen Rücken, Dane", befahl er mit seiner Bassstimme und legte eine Hand auf sein Gesäß, das mit dunkelroten Flecken übersät war.

Juliette gehorchte, sicherlich aus Angst, erneut ausgepeitscht zu werden. Und der Schwarze begann langsam, aber ohne ihr eine Pause zu geben, in ihr enges kleines Loch einzudringen. Ich sah, wie die Harzeichel den schmalen Schließmuskel in kleinen kreisenden Bewegungen drückte, bis er nachgab. Juliettes Stöhnen ließ mich noch mehr fließen und hörte nicht auf.

- Fressen Sie sich, Hündinnen, genannt Simon, als der ganze Harzstab seinen Platz in Juliettes hübschem Arsch gefunden hatte.

Ich spürte, wie der Mund der hübschen Brünetten auf meine brennende Vulva prallte, und ich begann erneut, ihren kleinen, spritzenden Knopf zu verschlingen. Von diesem Moment an waren wir beide wild.

Mein ganzer Körper schien sich auf meine kleine Aprikose zu konzentrieren, die Juliette buchstäblich aß. Seine Lippen küssten, saugten, saugten meinen Kitzler mit erhöhter Empfindlichkeit. Seine Zunge leckte meinen Schlitz und drehte ihn, um so tief wie möglich in ihn einzudringen. Sie sabberte und ihr Speichel überflutete meine Muschi und meine Schenkel und vermischte sich mit meiner Nässe.

Ich reagierte auf jeden seiner Angriffe. Timothée hatte den Dildo im Arsch seiner Hündin stecken gelassen, die sich zusammenzog, während sie ihre Hüften bewegte. Wie ich hatte sie jede Bescheidenheit vergessen, sie hatte auf jede Würde verzichtet. Wir wussten, dass unsere Demütigung und unsere Perversion einer Voyeurbande als Nahrung angeboten wurden, aber wir schämten uns nicht mehr dafür, so behandelt zu werden. Andererseits.

Ich spürte, wie Juliettes harte, erigierte Brustwarzen an meinem Bauch rieben. Unser Stöhnen, unsere unartikulierten Schreie erfüllten den Raum und zweifellos auch die, mit denen die Voyeure uns beobachteten.

Plötzlich gruben sich Juliettes Zähne sanft in meine Aprikose. Ich schrie. Dann kam sie und Ströme ihres Saftes strömten aus ihrem Schlitz und überschwemmten mein Gesicht. Aber sie beruhigte sich nicht und wand sich noch stärker, um die Härte des riesigen Dildos zu spüren, der in ihrem Anus steckte.

Ich verzögerte meinen Orgasmus so lange ich konnte, obwohl das Sexspielzeug ganz nach Simons Wünschen meine kleine dunkle Öse füllte. Ich verschlang weiterhin diese hübsche Fotze, wie ich es mir schon seit Monaten erträumt hatte.

Und dann kam mein Vergnügen wie eine Flutwelle. Ich fühlte mich mitgerissen, ich spannte mich wie eine Verbeugung, ich krümmte meinen gelähmten Körper ... Ich kam mit unglaublicher Heftigkeit, ich hatte das Gefühl, dass ich endlos spritzte, geschüttelt von Krämpfen, die denen eines Epileptikers ähnelten.

Ich merkte kaum, dass Juliette es auch genoss, ein zweites Mal zu stöhnen, als würde sie sterben. Dann fiel sie auf mich, unsere schweißnassen Körper rieben sich sanft aneinander, voller Zärtlichkeit, und ihr Mund wanderte langsam über meinen Bauch und meinen immer noch pochenden Hügel.

Ich sah, wie Timothée den zwischen Juliettes Gesäß steckenden Dildo entfernte, und Simon machte es ihm nach. Es war ein leeres, fast frustrierendes Gefühl, als mein kleiner Arsch von dem Harzglied befreit wurde, das ihm so viel Vergnügen bereitet hatte.

- „Steh auf, Dane", befahl Timothée der hübschen Brünetten und zog an ihrer Leine.

Kapitel 10

Kapitel 10

Simon und Timothée führten uns in ein Badezimmer, das ein
bisschen wie die Duschen in einer Sporthalle aussah. Das aus den
Duschköpfen sprudelnde Wasser floss auf den Fliesenboden, bevor es
in einem Siphon verschwand. Maxime, immer mit seiner Kamera
bewaffnet, folgte uns und filmte jede unserer Bewegungen, wie ein
Fernsehreporter. Aber er blieb am Eingang zum Badezimmer stehen
und gab mir Hoffnung auf einen Moment (relativer) Privatsphäre.

Apropos hat unser zwei „Meister", Sie se

B is auf ihre schwarzen Boxershorts ausgezogen.

Ich verspürte den dringenden Drang zu urinieren, aber
obwohl ich den Schwarzen im unterwürfigsten Ton fragte, wurde diese
Bitte abgelehnt.

Unsere Leinen und Halsbänder wurden entfernt und wir fanden
uns Seite an Seite, Juliette und ich, unter dem sehr heißen Wasser der
Dusche wieder. Ich nutzte die Gelegenheit, um ihm mit leiser Stimme
zu sagen:

- Du kennst mich, aber du hast mich nicht erkannt. Ich bin
Juliette23, Juliettes unterwürfige kleine Hure.

- Du?..., antwortete sie. Dein Gesicht war maskiert

auf deinen Fotos, aber ja, dieser Körper ...

Sie hatte keine Zeit weiterzumachen. Timothée und Simon hatten sich zu uns gesellt und begannen, uns zu waschen, zur großen Schande von Juliette, die sich kaum beherrschen konnte.

Sie begannen damit, uns reichlich einzuseifen und uns mit einem weichen, cremigen Schaum zu überziehen. Sie begrapschten uns, als wären wir Objekte oder Sklaven. Zuerst durften unsere Gesichter, befleckt mit den Resten unseres Make-ups, unsere Hälse, unsere Schultern, unsere Achselhöhlen, die durch den Schweiß klebrig wurden, systematisch gewaschen werden.

Juliettes langes braunes Haar bedeckte ihre Augen und sie blieb bewegungslos, während Timothée ihre Brust knetete, aber die Aufrichtung ihrer Brustwarzen verriet sie. Ich für meinen Teil habe es sehr geschätzt, so behandelt zu werden. Ich hatte mich damit abgefunden, eine Schlampe zu sein, die den Launen von Simon – auch von Laury und allen anderen – unterworfen war, und es bereitete mir ein perverses Vergnügen, viel mehr, als ich es mir jemals vorgestellt hätte.

Simons Hand wanderte zu meinem Bauch und ich konnte einen zufriedenen Seufzer nicht zurückhalten. Aber Juliette zuckte zusammen, als Timothées Finger ihren Venushügel berührten.

- Nein, rief sie, versteifte sich und trat zurück.

- Hygiene sei unerlässlich, antwortete Timothée, ohne Gewalt.

- „Ich mache es selbst", sagte Juliette, die für einen Moment ihren Stolz wiedererlangte.

Der Schwarze lächelte und schwieg einen Moment. Dann erlangten seine Gesichtszüge wieder ihre gewohnte Härte.

- Ich denke, der Abend wird für Sie enden! Du solltest nicht einmal mit mir reden. Sie sind zum Vergnügen der Gäste da... Also?

Doch Juliette beruhigte sich nicht und trat einen weiteren Schritt zurück.

- Und was bist du? „Ein Handlanger oder ein Gast", rief sie Timothée zu.

Ich bewunderte seinen Mut und seinen Charakter. Beide Männer zögerten leicht und Simon verließ mich, um mich seinem Kumpel anzuschließen. Er war es, der sprach.

- Schauspieler in einer Show. Wir alle haben eine Rolle zu spielen. Es liegt an Ihnen, alles zu akzeptieren.

- „Wir sind nicht mehr in der Show", protestierte Juliette heftiger.

- Sie liegen falsch ... Ich verstehe Ihre Reaktion, aber ich versichere Ihnen, dass wir für Sie eine Ausnahme machen. Weil es dein erstes Mal ist. Wir werden Laury ausführlich von diesem Moment erzählen. Und sie wird es wiederholen, um ihre Freunde zu begeistern. Gerade weil einen im Moment niemand ansieht, wird die Geschichte sehr spannend. Unterwürfig bis zum Schluss. Du verstehst ?

Juliette blickte auf Timothées schwarze Boxershorts, und ein schwacher Funke Neid in ihren Augen entging dem schwarzen Mann nicht.

- Enttäuscht? Auch für uns ist dieser Moment ziemlich heikel. Obwohl mit Juliette...

Er zeigte auf mich wie ein Stutfohlen auf einem Viehmarkt.

- ... Das gefällt ihr. Es wäre für mich viel angenehmer. Es gefällt dir nicht... Wenn du dich entscheidest, wirst du etwas anderes sehen. Und da du bisher alles akzeptiert hast...

Juliette verstummte, besiegt. Timothée schob seine dunklen Finger in ihre Muschi, um sie zu waschen, und entlockte ihr ein Stöhnen wie ein verwundetes Tier, und ich hatte Anspruch auf die gleiche Behandlung. Aber ich liebte es und versuchte nicht einmal mehr, mich dagegen zu wehren. Also genoss ich diese erniedrigende Liebkosung und bald war es mein kleines Loch der das gleiche Schicksal erleidet.

Als das kochend heiße Wasser über unsere beiden Körper lief, um sie abzuspülen, warf ich Juliette einen heimlichen Blick zu. Ihre harten, geschwollenen Brüste und das Licht, das in ihren Augen glänzte, ließen mich denken, dass auch sie anfing, ein ähnliches Vergnügen wie ich zu empfinden.

Simon und Timothée befestigten die Halsbänder wieder um unseren Hals und brachten uns auf allen Vieren, an unseren Leinen gezogen, zurück in den großen Raum und hinterließen die nassen Spuren unserer Körper, auf denen die Wassertropfen glitzerten.

Kapitel 11

Kapitel 11

Laury sah uns zufrieden an, und Timothée erzählte ihr die Geschichte unserer „Toilette", ohne dabei jedes Detail auszulassen, insbesondere Juliettes Wunsch zur Revolte. Timothée wiederholte und kommentierte seine Geschichte zugunsten der Voyeure, deren Bilder ich auf der riesigen Leinwand sah.

Juliette war scharlachrot geworden, und ich konnte mir vorstellen, wie peinlich es ihr war, dass Juliette von ihrer Demütigung erfuhr, auch wenn die Eifersucht „seiner Frau" heute Abend bereits auf die Probe gestellt worden war. Weil ich durch meinen Austausch mit Juliette die Tiefe des liebevollen Gefühls gespürt hatte, das sie für Juliette empfand, trotz – oder wegen – ihres sehr besonderen Sexuallebens.

Was mich betraf, war ich mir sicher, dass Juliette erfreut war, mich wie eine Sexsklavin behandelt zu sehen, und ich vermutete, dass sie der Grund für meine Anwesenheit an diesem Abend war.

Laury stand zwischen Timothée und Simon und wir knieten beide vor ihr

Füße, wie zwei gehorsame Hündinnen. Unser Blick richtete sich auf Vincent, den Bodybuilder mit den langen schwarzen Haaren, der bis dahin untätig geblieben war.

Er saß nackt auf einem Sofa und ließ seine imposanten Muskeln bewundern, aber es war der Anblick von Maxime, der mich überraschte. Letzterer kniete zwischen seinen Schenkeln und lutschte an Vincents erigiertem Schwanz.

Laury betrachtete die Szene mit amüsierter Miene, bevor sie zu Timothée und Simon sagte:

- Zieh mich aus !

Sie beeilten sich, der Herrin des Abends zu gehorchen. Die beiden Männer zogen ihm den Anzug aus. Darunter trug sie nur den BH, den ich gesehen hatte, einen Spitzenstring und einen Strumpfgürtel, der ihre schwarzen Strümpfe hielt. Sie war rund, trug aber ungeniert diese Formen, die perfekt zu ihr passten, und ich fand sie wunderschön.

- „Schau mich an", befal sie Juliette und mir.

Simon öffnete den Verschluss ihres BHs und ihre schweren Brüste sanken ein wenig, obwohl sie vor Erregung hart waren.

- „Hilf mir, meinen Tanga auszuziehen, du kleine Hure", sagte sie.

Tatsächlich war ich es, die das Gummiband über ihre Hüften und ihre dicken Schenkel hinuntergleiten ließ, und Juliette musste das kleine Spitzendreieck aufheben, das zu Boden gefallen war.

Laury trug nur ihren Strapsgürtel, Strümpfe und Pumps. Dann ging sie zu einem Sofa gegenüber dem, auf dem Vincent saß, und rief uns mit sanfter Stimme. Wir gesellten uns auf allen Vieren zu ihr, bevor wir uns zu ihren Füßen niederknieten, während Simon und Timothy sich angezogen auf beiden Seiten des Sitzes niederließen, wie es Wachposten getan hätten.

- Vincent..., genannt Laury.

Der dunkelhaarige Bodybuilder sah zu ihr auf und Maxime unterbrach seine Fellatio.

- „Verwöhne ihn", fügte sie hinzu und zeigte mit einer verächtlichen Bewegung ihres Kinns auf Maxime.

Auch Maxime schien sich vor unseren Augen zu schämen, sich zu unterwerfen, aber diese Aussicht schien ihn nicht zu erschrecken. Er zog seine Jacke aus, kurz bevor Vincent ihn packte und ihn zwang, sich nach vorne zu beugen, seine Arme und sein Gesicht auf den Sofakissen. Plötzlich ließ Vincent seine Hose herunter, die ihm bis zu den Knöcheln reichte.

Ich war fasziniert von dieser Szene. Vincent wichste, um seinen Penis zu einer vollen Erektion zu bringen. Er spreizte Maximes Gesäß und ohne weitere Vorbereitung fickte er ihn und entlockte ihm einen Schmerzensschrei.

Juliette schmiegte sich an mich und war fassungslos. Vincents muskulöses Gesäß bewegte sich im Rhythmus seiner Schwanzschläge in Maximes erzwungenem Anus, der klagendes Stöhnen ausstieß. Laury schien dieses Schauspiel zu genießen, aber sie drehte sich zu uns um.

- Kommt näher, meine Lieben.

Sie saß, halb liegend, den Nacken an die Rückenlehne gelehnt, das Gesäß auf der Sofakante, die Füße auf den Kissen. Ihre fleischigen Schenkel waren weit über ihre bereits feuchte Muschi gespreizt.

- Tut mir gut, meine Lieben.

Juliette und ich steckten unsere Köpfe in Laurys Beinbeuge. Wir teilten uns ihre geschwollene, saftige Aprikose, küssten und leckten sie abwechselnd. Wir verschlangen ihren kleinen Knopf aus ihrer Kapuze, unsere Zungen drangen in ihre offene Höhle ein.

Ich nutzte diese Nähe, um zu versuchen, Juliette zu küssen. Sie drückte ihre Lippen auf meine, während ich Laury so streichelte, dass sie merke es nicht.

- „Du erregst mich", sagte ich mit leiser Stimme zu der hübschen Brünetten.

Aber ich musste wieder anfangen, Laurys Fotze anzugreifen und an ihrer prallen Knospe zu knabbern. Langes Knurren spiegelte seine Erregung wider, und nasse Wellen befleckten mein Gesicht und das von Juliette.

Sie stand schwitzend auf, um ihr nasses Haar zurückzustreichen, das sie störte, und blieb auf den Knien und vergaß, ihre Herrin zu befriedigen.

Laury hatte die Hosenschlitze von Simon und Timothée geöffnet und ihre Geschlechtsteile befreit, die sie langsam wichste. Juliette konnte ihren Blick nicht von den beiden aufgestellten Pfählen lassen. Vor allem die von Timothée, dunkel, glänzend, dick... eine echte Ebenholzkeule.

Er fing ihren Blick auf und Juliette schloss die Augen, als sie seine Geste sah. Die Gerte fiel mit einem scharfen Knall auf sein Gesäß.

- Dänisch! Er schalt sie mit seiner Bassstimme.

Laury nahm mich an den Haaren, um meinen Mund zwischen ihr Gesäß zu schieben, und Juliettes Zunge versank in ihrer offenen und saftigen Frucht.

Vincents Stimme hielt Laury davon ab, ihr Vergnügen zu suchen.

- Er habe seinen Account, sagt er und spricht von Maxime.
- „Ist er gekommen", fragte Laury ihn mit gebrochener Stimme?
- Sehen. Sein Sperma spritzte über den ganzen Boden.
- Oh ! Das Schwein !

Die Ejakulation ihres sodomisierten Begleiters störte Laury keineswegs, sondern erregte sie nur noch mehr. Sie packte unsere Haare, legte unsere Münder auf ihre Muschi und ihre dunkle Rosette und begann wieder, ihre Hüften zu bewegen. Bis sie endlos kam, stöhnte und uns ins Gesicht spritzte.

Dann stieß sie uns sanft weg und blieb lange genug still, um wieder zu Sinnen zu kommen. Sie hielt immer noch die Schwänze von Simon und Timothée in ihren Händen und kratzte sanft an ihren Beuteln. Sie waren hart wie läufige Bullen. Juliette und ich konnten unsere Augen nicht von diesen beiden männlichen Geschlechtern lassen, und unsere Blicke wanderten von einem zum anderen, und Laury bemerkte es.

- Kleine neugierige Leute! Herren! Ich glaube, deine Hündinnen wollen deine Schwänze... Lass dich ein wenig lutschen!

Die beiden Männer zogen an unseren Leinen, um uns, immer noch auf den Knien, zu sich zu bringen. Ich musste nicht gebeten werden, Simons Schwanz in meinen Mund zu nehmen, und bedauerte ein wenig, nicht an Juliettes Stelle zu sein, um Timothées zu schmecken, beeindruckender.

Angesichts dessen, was ich über Juliette wusste, ihre mangelnde Anziehungskraft auf Männer, fragte ich mich, wie sie reagieren würde.

Aber ein Blick in seine Richtung Mich erlaubt von Sehen Sie es, wichsen Dort langer dunkler Schaft, vor Erregung glitzernde Augen, bevor sie die riesige rosa Eichel zwischen ihre Lippen nahm. Wir lutschten unsere beiden Herren, genüsslich, als Laury uns aufhielt.

- Oh... ich habe eine Idee, diese bösartigen kleinen Hündinnen zu bestrafen... Hört auf, meine Lieben!

Sie sah uns an, streichelte sich selbst und streckte eine große, zuckende Brustwarze zwischen ihren Fingern. Juliette errötete.

- Der erste, der seinem Herrn gefällt, wird belohnt. Eine große Schüssel mit frischem Wasser und ein paar Kekse. Der Verlierer wird bestraft!

Ich warf mich buchstäblich auf Simons Penis, während Juliette destabilisiert und in Panik zu geraten schien. Zweifellos vermischte sich die Angst vor dem Verlieren mit der Angst, der Aufgabe nicht gewachsen zu sein, auch angesichts eines Liebhabers erfahren, sie hatte wenig Erfahrung mit Männern.

Aber sie riss sich zusammen und nahm Timothées Hand, um sie zu ihrem Schlitz zu führen, ohne etwas zu sagen. Er fing an, sie zu fingern, und sie fing an, den Schwarzen zu lutschen und starrte ihm in die Augen. Aus Juliettes Muschi stieg ein feuchtes Geräusch auf. Sie wurde nass. Sein Meister nahm seinen Kopf in die Hände, um seine Bewegungen zu steuern, und das Unwahrscheinliche geschah.

- „Meine Hündin hat gewonnen", verkündete Timothée, während er sich in langen Strahlen in Juliettes Maul entleerte.

Dennoch pumpte sie weiterhin den Penis ihres Herrn, den sie krampfhaft zwischen ihren Fingern drückte, um seinen gesamten Samen zu schlucken. Dann löste sie sich von ihm und ein langer Strahl Sperma lief über ihre Lippenwinkel.

Ich sah Juliette ungläubig an, freute mich aber für sie.

Doch ein unerwartetes Ereignis störte den Verlauf des Abends ...

Kapitel 12

Kapitel 12

W ährend ich noch mit Simons Erektion spielte, hallte das
    Klingeln der Haustür im großen Wohnzimmer wider.

- Was könnte uns zu dieser Stunde stören, bevor der Abend zu Ende
ging, stürmte Laury. Maxime, geh auf!

Maxime hatte sich wieder angezogen und ging zum Eingang. Wir
hörten den Klang von Stimmen, und er tauchte sehr schnell verlegen
wieder auf, begleitet von einer großen, sehr schönen blonden Frau, die
Juliette mit ungläubigem Gesichtsausdruck ansah.

- „Laury, entschuldigen Sie, dass ich Sie an diesem Abend belästigt
habe", sagte der Eindringling mit fester Stimme. Ich bin Juliette. Ich
komme Juliette abholen.

- „Aber ... wir sind noch nicht fertig mit ihr", wandte Laury ein, die
es offenbar nicht im Geringsten störte, sie fast nackt zu empfangen.

- Darum bin ich hier. Ich habe einen großen Fehler gemacht, als ich
sie dir anvertraut habe, um sie zu bestrafen, und ...

Laury ließ sie nicht ausreden und nahm sie beiseite.

damit wir ihr Gespräch nicht hören. Juliette hatte mich kaum angesehen und ich bereute es. Ich hätte es geliebt, wenn sie mich „echt" nackt gesehen hätte. Und ich war frustriert, als ich in Juliettes Augen die Liebe sah, die sie für ihn hatte.

- „Juliette, du kannst duschen gehen und dich anziehen", verkündete Laury, als sie auf uns zukam.

Der Gastgeberin dieses Abends fiel es schwer, ihre Verärgerung zu verbergen, und während die hübsche Brünette in Richtung Badezimmer ging, kehrte sie zurück, um ein paar – offenbar unfreundliche – Bemerkungen mit Juliette auszutauschen.

Als Juliette mit nassen Haaren aus dem Badezimmer kam, hatte sie die große Wolljacke angezogen, die sie bei ihrer Ankunft getragen hatte und unter der sie noch nackt war, und ihre Stiefel. Juliette nahm sie in einer schützenden Geste an der Schulter und das Paar ging ohne sich zu verabschieden.

Laury sah ihnen nach, als sie gingen, dann drehte sie sich zu mir um.

- Dieser Vorfall ändert nichts für dich, Greyhound. Außer du bist allein. Du wirst deine Strafe bekommen und wir werden dich wie eine kleine Hure behandeln. Ich weiß dass du es magst. Meine Herren, kümmern Sie sich um sie!

Ich warf einen panischen Blick in Richtung Timothée, Vincent und Simon, die mich wie eine Beute beobachteten.

Ich war allein und stand ihnen gegenüber ...

Kapitel 13

Kapitel 13

SIMON NAHM WIEDER MEINE Leine und führte mich in die Mitte des Raumes, mit Blick auf die riesige Leinwand. Laury machte es sich bequem auf einem Sofa, öffnete ihre hochgezogenen Schenkel, um sich bequem streicheln zu können, und Maxime nahm die Kamera zurück, mit der er die gesamte Szene filmen wollte, wie auch die vorangegangenen.

Auf dem Bildschirm sah ich in den verschiedenen Fenstern die Voyeure, die sich immer noch an meiner Folter erfreuen würden. Unter ihnen war Yvette, jetzt allein. Ich wusste nicht mehr, ob ich diese Frau für das, was ich durch ihre Schuld erlitt, hassen oder danken sollte.

Alle hatten ihre Augen auf den Bildschirm geheftet, und die Vorstellung, mich vor ihnen zur Schau zu stellen, machte mich trotz meiner Angst nass.

Und meine Strafe begann ...

- „Du wirst uns verarschen", sagte Simon mit rauer Stimme. Alle drei. Und du wirst versuchen, es besser zu machen, als du es gerade bei mir getan hast.

Er unterstrich seinen Satz mit einer lauten Ohrfeige, und ich spürte ein Brennen auf meiner Wange, während Vincent meine Brustspitzen zwischen seine Finger nahm und hat sie verdreht. Ich konnte einen Schrei der Überraschung und des Schmerzes nicht zurückhalten, was Laury zum Lachen brachte, das sofort von Timothées Schwanz erstickt wurde, den er in meinen Mund gesteckt hatte und an meinen Haaren zog.

Ich fing an, ihn zu lutschen, wie eine echte Schlampe, und akzeptierte, seinen riesigen Penis bis in meinen Rachen zu bekommen. Sein Pflock kam und ging zwischen meinen Lippen hindurch, er fickte meinen Mund, als wäre es meine Muschi gewesen.

- Aber sie macht es gut, diese Hündin, sagte er. Du hättest in ihren Mund abspritzen sollen, Simon, sie muss Sperma mögen.

Ich ließ Timothys Stab für einen Moment stehen, um zu Atem zu kommen, aber Simon schlug mich erneut und packte mich an den Haaren, damit ich ihn auch lutschen konnte. Und gerade als ich die Eichel des Blonden zwischen meine Lippen nahm, um daran zu knabbern, spürte ich, wie das Leder einer Reitgerte in die Haut meines armen kleinen wunden Hinterns biss. Es war Vincent, ermutigt von Laury.

- Mach weiter, Vincent. Pass gut auf sie auf, sie wird noch heißer, wenn du sie fickst.

Das Schlimmste ist, dass sie sich nicht geirrt hat. Ich war benommen. Die Folter, die meinem Gesäß und meinen Brüsten zugefügt wurde, die Demütigungen, die ich erlitt, anstatt mich zu empören, erregten mich mehr als alles, was ich mir hätte vorstellen können. Ich floss wie eine Fontäne. Meine Brustwarzen waren enger als je zuvor.

Ich lutschte Vincent mit doppelter Energie und suchte in meiner Fantasie nach allen möglichen Variationen von Fellatio.

Dann forderte jeder der drei Männer „das, was ihm zusteht", abwechselnd in meinem Mund, an meinen Haaren ziehend, mich ohrfeigend, während Maxime mich umkreiste und mich von allen Seiten filmte. Diejenigen, an denen ich nicht saugte, griffen meine Brüste an und zogen an ihnen

Stacheln, sie drehend oder mich mit Peitschen auspeitschend. Ich
stöhnte, als sie mir zu sehr wehtaten, aber es kam mir keinen Moment
in den Sinn, sie zu bitten, damit aufzuhören.

Ich war betrunken vor Verlangen. Ich wollte, dass diese drei Kerle
mich ficken, mich wild nehmen. Wenn ich nicht von diesen
imposanten Schwänzen geknebelt worden wäre, hätte ich sie angefleht
wie eine läufige Hündin. Das war ich in diesem Moment.

Dann wurde mir eine sehr kurze Atempause gewährt. Er erlaubte
mir zu sehen, wie Laury sich selbst fingerte, ihre Hände zwischen ihren
Schenkeln, und ihren klaffenden Penis gewaltsam öffnete. Auf dem
Bildschirm sah ich auch Yvette, ungefähr in derselben Position. Was die
Voyeurpaare betrifft, so waren ihre Augen auf mich gerichtet. Darunter
ein Paar, bei dem der Mann seine Partnerin im Doggystyle sodomisiert.

Aber diese Pause dauerte nicht einmal eine Minute.

Timothée legte sich auf eines der Sofas, den Pflock erhoben wie
den Mast eines Segelboots. Diese riesige dunkle Maschine faszinierte
mich, als wäre ich die Beute eines Reptils. Der dunkelhaarige
Bodybuilder packte mich und trug mich zu sich, ohne dass ich den
Boden berührte. Sie legten mich auf ihn, während Vincent sich
langsam einen runterholte und mich dabei mit lustvollem
Gesichtsausdruck ansah.

Timothée spreizte mein Gesäß und führte seine blutgetränkte
Eichel zu meinem kleinen gerunzelten Auge, während Vincent mich
hinuntergehen ließ, damit ich mich aufspießen konnte. Ich schrie, als
der Riesenschwanz meine enge Rosette zwang, aber meinen Peinigern
war das egal.

Vincent setzte sich auf mich und drang mit einem einzigen Stoß
in mich ein. Gleichzeitig spürte ich, wie die kräftigen Hände des
schwarzen Mannes meine Hüften packten, um mich auf dem Schwanz
zu bewegen, der meinen kleinen Arsch durchbohrte, und ich fing an zu
schreien. Es war schmerzhaft. Aber es war so gut.

Um mich zum Schweigen zu bringen, steckte Vincent seinen
Schwanz in meinen

Mund. Ich wurde in jedes Loch genommen, gefilmt, um eine Voyeurbande zu erregen. Ohne es mir einzugestehen, hatte ich immer davon geträumt, mich in dieser Situation wiederzufinden und Freude daran zu haben, gedemütigt zu werden. Ein Orgasmus lähmte mich und ich begann zu heulen wie ein wildes Tier.

Meine Partner waren unglaublich belastbar. Wenn die Müdigkeit mich schwächer machte, zog Vincent mich an den Haaren, schlug mich und zwickte in meine Brüste, die vor Aufregung furchtbar empfindlich wurden.

Dann tauschten sie die Plätze. Vincent hat meinen Arsch gefickt, Simon hat meine Muschi gefickt und Timothée meinen Mund. Der Schweiß lief mir über das Gesicht und auf meinen verletzten Körper, der von den Peitschenhieben zerrissen worden war, und die Nässe strömte mit einem feuchten Geräusch aus meinem Schlitz und tropfte zwischen meinem Gesäß und meinen Schenkeln hinunter.

Ich hörte ein heiseres Stöhnen und sah Laury, den Kopf mir zugewandt, die Augen nach hinten verdreht, wie sie sich amüsierte. Ein Tropfen Speichel lief über ihre Lippenwinkel und das Sofa zwischen ihren Schenkeln war durchnässt.

Dann tauschten die drei Männer erneut die Plätze. So genoss jeder das Vergnügen, jede meiner Öffnungen zu erkunden. Ich war nichts weiter als ein Objekt, ein Sexspielzeug, das sie nach Belieben benutzten.

Sie hatten das Gefühl, dass auch ich wieder abspritzen würde, und sie wurden noch wilder. Mein Schlitz und mein kleines Loch waren schmerzhaft und trotzdem kam ich unaufhaltsam. Dieser letzte Orgasmus ließ mich erschöpft zurück, kurz vor der Ohnmacht, und mein Stöhnen verwandelte sich in ein schwaches, ununterbrochenes Stöhnen.

Timothée zog sich aus meiner Muschi zurück und hob mich hoch, damit ich mich von Simons Glied befreien konnte, das immer noch in meinem Rücken steckte. Als er mich losließ, hatte ich nicht die Kraft, wieder auf die Beine zu kommen.

Beine, und ich brach auf dem Boden zusammen. Aber Laury hielt mich noch nicht für ausreichend bestraft.

- „Bedecke sie mit Sperma, diese kleine Hure", rief sie den drei Männern zu.

Vincent versetzte mir ein paar Schläge mit der Peitsche, bis ich in die Hocke ging, und sie präsentierten mir erneut ihre drei harten Gliedmaßen, die von meinem Saft glitzerten. Ich überwand meine Schwäche und fing wieder an, daran zu lutschen, aber ich musste nicht lange warten ...

Simon ejakulierte zuerst mit einem langen, heiseren Stöhnen. Er hatte diesen Moment so lange hinausgezögert, dass der Strahl dicken, heißen Spermas, der aus seinem Schwanz strömte, schien, als würde er niemals versiegen. Ich konnte nicht alles in meinen Mund bekommen und stellte fest, dass mein Gesicht und meine Brüste mit einer weißlichen Creme verschmiert waren.

Vincent folgte ihm und ich wäre fast erstickt, als der Spermastrahl meine Kehle überschwemmte. Er landete auf meinen Wangen und lange Tränen seines Saftes flossen weiter über meinen Hals, als Timothée sich wiederum erleichterte. Er verachtete meinen Mund und befleckte meine von den Schlägen geröteten Brüste und meinen Bauch.

Ich dachte, ich wäre quitt, aber Laury gab ihm ein kleines Zeichen, das auch die anderen beiden Männer verstanden.

Sie packten mich fest an den Schultern und zwangen mich, in der Hocke zu bleiben; Dann nahm Timothée eine Peitsche und während Maxime mich in Nahaufnahme filmte, befahl er mir:

- Pisse, Doggystyle. Pisse auf den Boden vor uns und vor allen, die dich ansehen.

Meine Blase fühlte sich an, als würde sie gleich platzen, aber ich konnte diese erneute Demütigung nicht ertragen. Ich war tot vor Scham. Ich hätte fast das Wort geschrien, das alles beenden würde, aber ich konnte mich nicht daran erinnern, weil ich so erschöpft und beschämt war.

- Nein, ich habe nur geschrien. Nein! Ich kann nicht!

- „Du wirst gehorchen", brüllte Timothée und versetzte mir eine Salve aus Peitschenhieben.

Tränen liefen über meine Wangen und trugen etwas von dem Sperma mit sich, das zu trocknen begann. Vincent hatte meine Schenkel gespreizt, damit Maxime nichts von der Szene verpasste.

- NEIN ! Mitleid ! Ich bitte Sie !

- Du hast zugestimmt, unterwürfig zu sein. Bis zum Ende. „Piss, kleine Schlampe", schrie der Schwarze und schlug noch härter auf mich ein.

- Nein, nein, murmelte ich immer noch schwach, aber mit den letzten Bissen der Lederriemen änderte sich plötzlich alles in meinem Kopf.

Ich wollte nachgeben. Aber das Schlimmste war, dass ich spürte, wie die Lust trotz meiner Scham zunahm. Oder wegen ihr. Ich hielt mich noch ein paar Sekunden zurück und ergab mich völlig

- Ich gehorche, sagte ich, ich solle mit meiner Qual aufhören. Ich werde pinkeln! Hör auf, ich werde pinkeln.

Als der erste Urinstrahl zwischen meinen Schenkeln ergoss, wurde ich von einem unwahrscheinlichen Orgasmus überrascht. Ich sprengte alle Grenzen, die ich mir jemals gesetzt hatte.

- Ich komme, ich komme, oooooh, ich komme, ich schluchzte.

Ich pinkelte und konnte nicht aufhören. Mein goldener Alkohol spritzte auf meine Schenkel, vermischte sich mit meinem Liebessaft, überschwemmte den Boden und durchnässte meine Knie.

Laury, die ihren Kitzler quälte und mit vier Fingern ihr kleines Loch durchsuchte, explodierte fast gleichzeitig mit mir und vermischte ihre Schreie mit meinem Stöhnen.

Die drei Männer ließen mich los und ich blieb keuchend auf den Knien liegen und war mir meiner Haltung und des Zustands meines Körpers kaum bewusst. Meine Tränen flossen weiter und nach ein paar Minuten war es Laury, die mich wieder aufstehen ließ und mich hineinführte

Badezimmer, mich selbst ernähren.

Sie hatte ihren Strapsgürtel, ihre Strümpfe und ihre Pumps ausgezogen. Sie war völlig nackt und ich spürte, wie die harten Spitzen ihrer schweren Brüste gegen meinen Rücken gedrückt wurden.

Sie drehte den Wasserhahn auf und das sehr heiße Wasser floss über meine Haut, die von den Riemen der Peitsche und der Reitpeitsche durchzogen war. Meine Brüste tun immer noch weh. Mein Schlitz und mein kleines Loch brannten, aber sie waren so oft benutzt worden, dass ich sie kaum spürte.

Laury seifte mich ein, wusch mich mit sehr sanften Gesten, bevor sie mich mit einer Lotion und einer Creme einrieb, wodurch meine Schmerzen wie durch Zauberei verschwanden. Sie sprach jetzt in mein Ohr und die Sanftheit ihrer Stimme war überraschend im Vergleich zu dem selbstbewussten und autoritativen Ton, den sie den ganzen Abend über angenommen hatte.

- Du warst heute Abend wunderbar, Juliette. Wir hatten selten einen so aufregenden Gast, seit sie das erste Mal bei uns war. Ich hoffe, es hat euch auch gefallen...

Es war eigentlich keine Frage, aber das Schweigen, das sie hinterließ, schrie nach einer Antwort von mir.

Was soll ich ihm sagen? Ich wusste es selbst nicht.

Ich hatte das Gefühl, eine Grenze überschritten zu haben und mich auf unbekanntem Terrain wiederzufinden. Die Juliette, die dieses Haus verlassen wollte, war nicht mehr dieselbe wie bei ihrer Ankunft. Unterwürfig. Das Wort kam mir zu schwach vor. Ich hatte alles akzeptiert, alles toleriert, alles ertragen. Und ich musste mir eingestehen, dass ich diese Rolle tief in meinem Inneren geliebt hatte, dass sie mich begeistert hatte und dass ich einfach ein Vergnügen erlebt hatte, das alles übertraf, was meine Erfahrungen, so zahlreich und vielfältig sie auch sein mochten, mir ermöglichten.

- „Ich weiß nicht, was ich dir antworten soll", sagte ich schließlich.

Ich muss mich erholen, nachdenken.

- Lass dir Zeit. Rufen Sie mich zurück, wenn Sie wollen, wann immer Sie wollen. Sie werden immer willkommen sein.

Schweigend zog ich mich wieder an. Mein kleines Leinenkleid schien mir zwar sexy, aber nutzlos zu sein, und ich glaube, ich wäre nackt in meine Wohnung zurückgekehrt, wenn Laury mich darum gebeten hätte.

Timothée brachte mich nach Hause. Wir wechselten während der Fahrt kein Wort, aber in unserem Schweigen war keine Spur von Groll zu erkennen. Die Intensität der Momente, die wir gerade verbracht hatten, ließ jeden Kommentar lächerlich erscheinen.

- „Auf Wiedersehen, Juliette", sagte der Schwarze einfach zu mir und öffnete meine Tür, als wir ankamen. Vielen Dank für die Freude, die Sie mir bereitet haben. Ich hoffe, wir sehen uns bald wieder.

- Ich weiß nicht ... Auf Wiedersehen, Timothée, und vielen Dank auch.

Fortgesetzt werden....
Der Rest dieser Geschichte wird in derselben Sammlung unter dem Titel „Die Rache der Julia" veröffentlicht.

ENDE

Also by SAMIR MASSEY

Verborgene Freuden

Milton Keynes UK
Ingram Content Group UK Ltd.
UKHW041940090224
437558UK00001B/87